将軍側目付 暴れ隼人

京の突風

吉田雄亮

コスミック・時代文庫

この作品はコスミック文庫のために書下ろされました。

目次

御所と公家町

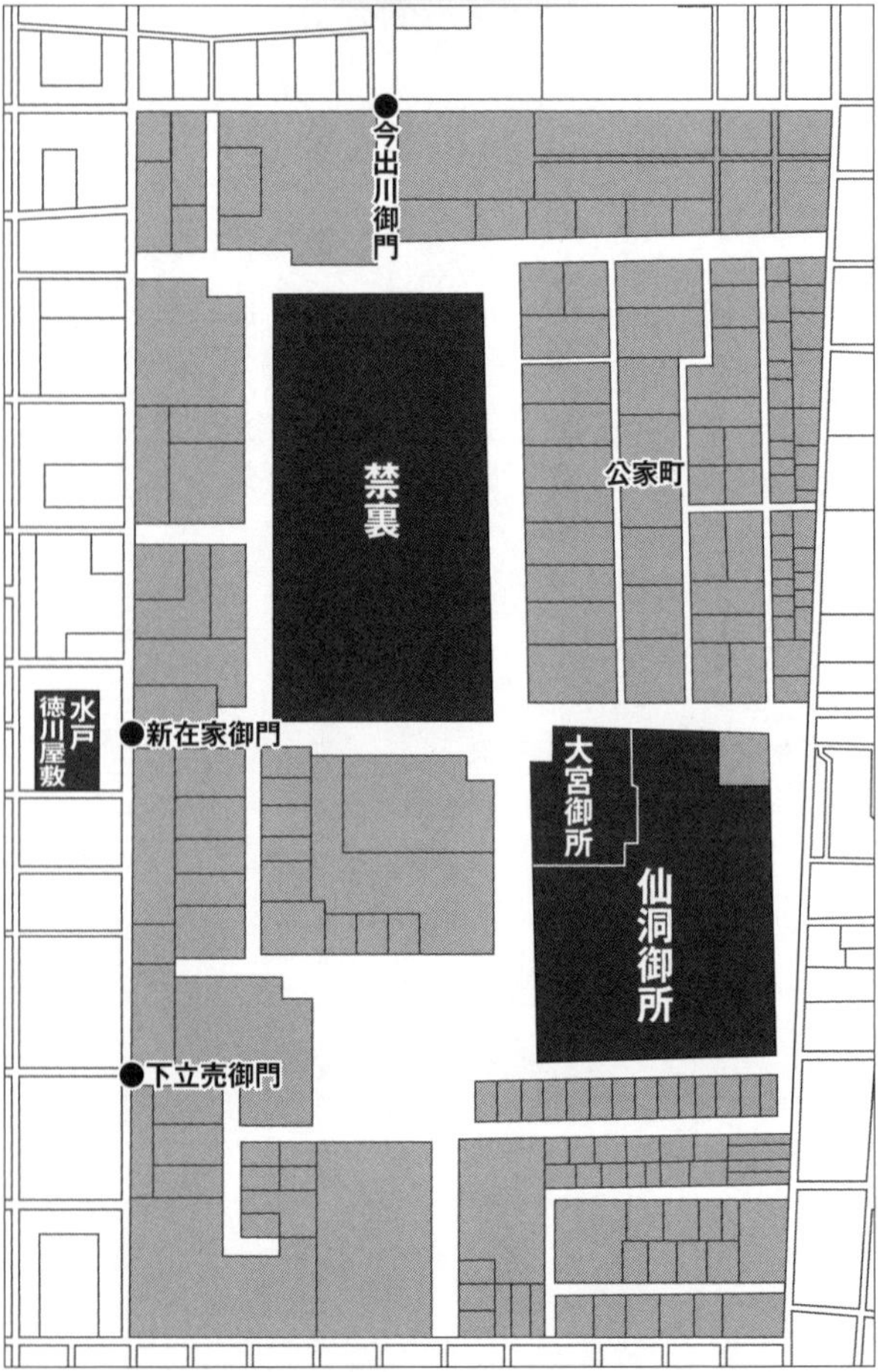
今出川御門
禁裏
公家町
水戸徳川屋敷
新在家御門
大宮御所
仙洞御所
下立売御門

島原遊郭周辺

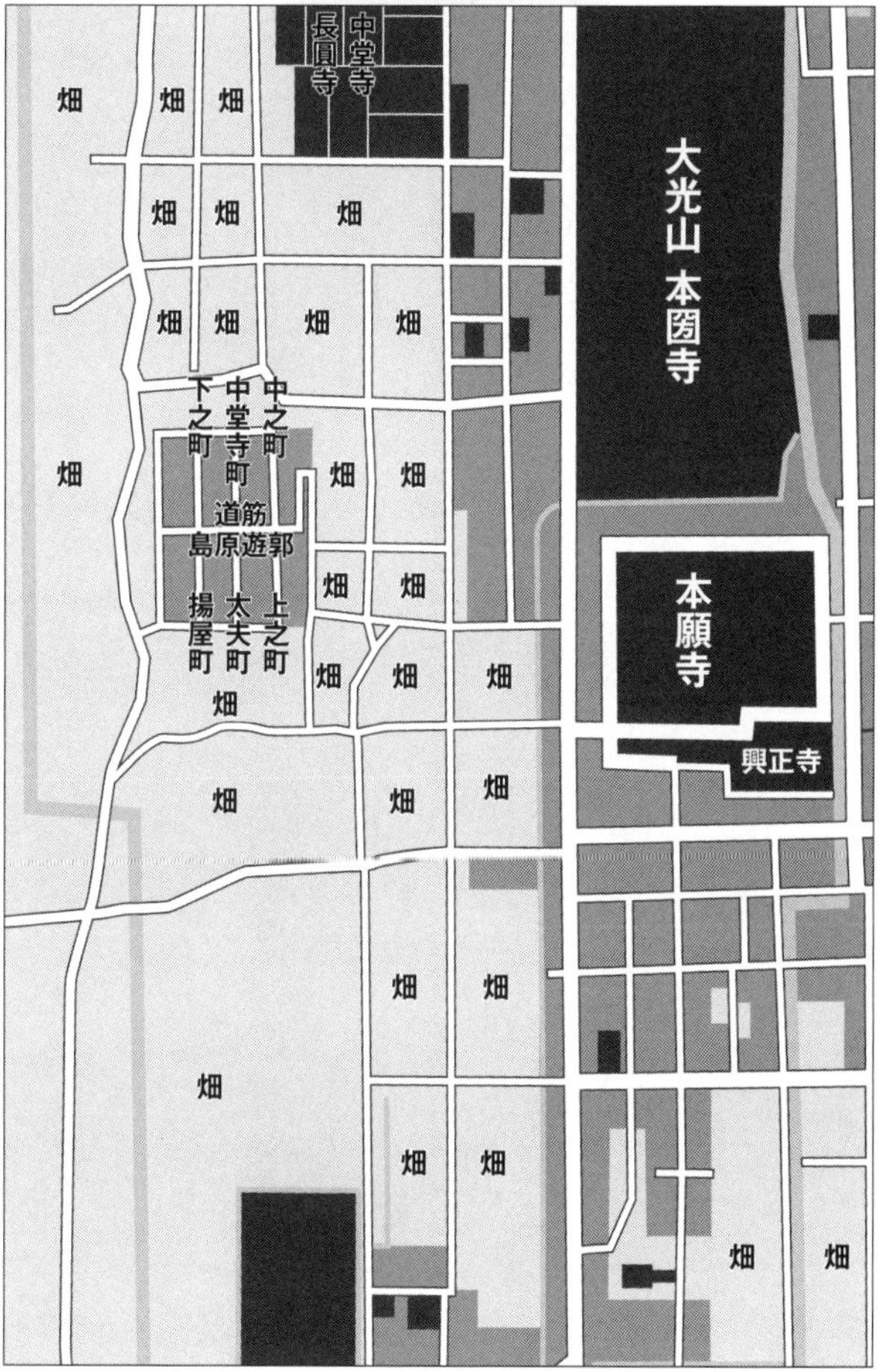

第一章　謀略の狼煙《のろし》

一

曲輪《くるわ》内《うち》の道三濠《どうさんぼり》に、武士の骸《むくろ》が浮いている。溺れ死んだ者の骸のほとんどが俯《うつぶ》せになる。

が、この骸は左半身が沈み込み、右肩から上だけが、水面に出ていた。不自然な格好だった。腰に帯びた大小二刀が重しになって、つくりあげた格好だった。

番士たちが乗った四艘の船が、骸に向かってすすんでいく。舳先《へさき》に立った番士が、投網《とあみ》を持って身構えている。ほかの三艘の船に乗った番士は刺股《さすまた》を手にしていた。

投げた網に骸がかかったら、刺股で胴を挟んで、引き上げるつもりなのだろう。

岸辺に立った番士たちが、ともすれば身を乗り出す野次馬《やじうま》たちを押しとどめている。近くに北町奉行所があることもあって、おそらく奉行所に呼び出されたのだろう、多数の町人たちが、固唾《かたず》を呑んで成り行きを見つめている。

町人たちにまじって、多くの武士たちの姿も見えた。

そのなかに、配下ふたりを従えた南町奉行大岡越前守《おおおかえちぜんのかみ》もいた。大岡は目と鼻のところにある評定所《ひょうじょうしょ》に、用があってきたのだった。

大岡の目が、大きく見開かれた。

視線は、網にかかり、三方から押し当てられた刺股で支えられながら、網を投じた番士の乗った船に引き上げられる、背中を向けた武士の骸に注がれていた。

骸の小袖の背中に、どす黒い染みが広がっている。斬り裂かれてもいた。

傷跡からみて、後ろから刺されたものだとおもわれた。

傷跡に気づいたらしく、野次馬たちがどよめいた。

傍《そば》に立つ与力・石子伴作《いしこばんさく》に、大岡が小声で告げる。

「あの骸をあらためる。骸を引き上げているのは、呉服橋御門《ごふくばしごもん》の手の者。呉服橋警固番頭につたえ、手配りをするのだ」

「承知しました」

会釈《えしやく》した石子が、身を翻《ひるがえ》し、呉服橋御門へ走った。

骸を引き上げている番士たちに、大岡が目をもどした。

その目が鋭い。

二

四日後、寛永寺《かんえいじ》の庫裏《くり》の一室で、仙石隼人《せんごくはやと》は、将軍家の霊廟詣《れいびょうもうで》を装ってやってきた八代将軍・徳川吉宗《よしむね》と向かい合っていた。吉宗の斜め脇に大岡が控えている。

眉《まゆ》が濃く、奥二重の涼しげな目、鼻筋の通った彫りの深い顔だちの仙石隼人は、三百石の俸禄を拝領する、小普請組《こぶしんぐみ》に配された直参旗本であった。小普請組は無役の旗本が配属される組織である。仙石家は、一度も御番入りしたことがなかった。

[死をもって君に忠を尽くす]

を範とし、滅私奉公をもって是とするのが、武士道である。

閑職《かんしよく》ともいうべき、小普請組に配属されたまま、禄《ろく》を食《は》みつづける仙石家は、武士道を貫く武士たちからみれば、役立たずの、きわめて恥ずべき家系の者どもといえた。

が、なぜか仙石家は、代々小普請組配下の旗本であるにもかかわらず、当主が望んだときには、直《ただ》ちに時の将軍に、御目見《おめみえ》得することが許されていた。

さらに、年に数度、千代田城内にある将軍家の茶室に招かれて、将軍家とふたりだけで数刻を過ごすことが定められていた。

これらのしきたりごとは、二代将軍秀忠《ひでただ》の代に決められた。

東照大権現《とうしょうだいごんげん》・神君徳川家康《いえやす》は、二代目将軍職を継いだ秀忠に命じ、仙石家を永《えい》代側目付《たいそばめつけ》に任じた。

側目付とは、将軍の耳目となって大名、旗本を監察し、疑惑のことがあれば、将軍家の代人として、おのれの判断で、その処理にあたる権限が認許されている役職であった。

側目付は、あくまでも将軍家直属の者であり、その存在は幕府の要人たちのなかでも、わずかの者しか知らない、重要機密であった。

仙石家には、秀忠より下賜《かし》された［側目付落款《らっかん》］と呼ばれる、側目付の身分を示す、証《あかし》の品が伝えられていた。

側目付落款は、表面は一枚としか見えない二重づくりの鍔《つば》に、隠し彫りされている。

［此者、将軍代理之側目付也　秀忠］

との文字と秀忠の落款が、鍔の内部に刻まれており、鍔の一部を横滑りさせることで文字と落款が現れる、という仕掛けが施されていた。

身分を示す側目付落款を秘めた鍔は、仙石家の代々の当主が腰に帯びる、大刀につけるように定められている。

隼人の脇に置かれた大刀につけられた鍔こそ、側目付落款が隠し彫りされたものであった。


隼人の母は数年前に病没し、すでにこの世にいない。

父・仙石武兵衛《ぶへえ》もまた、任務の途上、殺されて還《かえ》らぬ人となっていた。

いまでも隼人は、十数年前、元服したときに、厳しい顔をした武兵衛から、仙石家に密かに命じられてきた［側目付］の役目について、告げられた日のことを、昨日のことのように憶《おぼ》えている。

そのとき同座して、哀しげな表情で、じっと隼人を見つめていた母・織江《おりえ》の眼差《まなざ》しも、隼人の瞼《まぶた》に焼きついていた。

対座して八代将軍吉宗、その斜め脇に大岡が座している。

側目付仙石隼人に、新たな任務が命じられるときの、いつもどおりの光景であった。

三

道三濠に武士の骸が浮いていた、と告げた後、大岡は懐《ふところ》から一通の封書を取り出し、隼人の前に置いた。

「骸が浮いていた日に、この封書が目安箱に投げ込まれていたのだ」

封書を手にとった隼人は、封を開き、書状を読み始めた。

読みすすむ隼人の顔に、緊張が走った。

読み終えて、呻《うめ》いた。

「これは、まさか」

顔を上げた隼人に、吉宗が告げた。

「そのまさかだ。御三家の一翼、水戸《みと》藩の内部で、朝廷と手を組み、政権を帝《みかど》に返すべく陰謀をめぐらしている、と書かれている。書状を投げ込んだ者の名はない」

「水戸藩をおとしめるため、ありもしない話を書いて、目安箱に投げ込んだのでは」

問いかけた隼人に、横から大岡が応じた。

「封書を投げ込んだ者の目当てはついている」

「目当てが。何者ですか」

「水戸藩御附家老中山備前守《なかやまびぜんのかみ》の家来、坂本啓一郎《さかもとけいいちろう》。書状が投げ込まれた日の翌朝、道三濠に、骸となって浮いていた武士だ。骸をあらためたら、心ノ臓を一突きされていた」

「曲輪内で斬り合った。そういうことですか」

訊いてきた隼人に、大岡が応じた。

「刀を抜いていない。背後から、いきなり刺されたのだろう」

隼人が問いを重ねた。

「なぜ、目安箱に書状を投げ入れたのは坂本だと、推断されたのですか」

「坂本が着ていた小袖の、両襟の縫い目が切り離されていた。封書を探すためにやったことだろう」

「それで、坂本が目安箱に封書を投げ込んだ者、だと見立てられたのですね。呉服橋御門の番士は出入りする者の名を控えている。それで姓名もわかった。そういうことですか」

「そうだ。夜分に呉服橋御門を通ったとき、警固の番士に名乗ったのだ。殺したのは、おそらく坂本が呉服橋御門を通過した後、間を置くことなく呉服橋御門を通った水戸藩士の三人だ。その三人の名も、番士が聞き取っている」

「その三人は呉服橋御門から出てきたが、坂本は出てこなかった。それで骸は坂本だと、判じられたのですね」

　問いかけた隼人に大岡が応じた。

「水戸藩上屋敷に、掛け取りを装って与八《よはち》に探りを入れさせた。坂本はじめ野上《のがみ》勝次郎《かつじろう》、朝原伸太郎《あさはらしんたろう》、永田鉄三《ながたてつぞう》のいずれも留守で、いつもどるかわからない、という返事だった。与八が水戸藩上屋敷から出てきた中間《ちゆうげん》に声をかけ、小銭を握らせて聞き込んできたことによると、坂本は出かけたまま帰らない。野上たちは、用があって国元へ旅立った、ということだった。はたして国元へ向かったかどうか、わしは疑っている」

「帝の側近に会うべく、京へ向かったかもしれぬ。そう推測しておられるのですね」

首肯して、大岡がこたえた。

「そうだ。書状に記されている通り、御三家の継承順位を無視して、第二順位の紀州《きしゆう》藩主だった上様が、八代将軍を継がれた。水戸藩では、そのことに不満を抱いて、この際、帝に政《まつりごと》の権力を返還するべきだ、との声が高まっている、という噂が、わしの耳に入っている」

「水戸藩藩主は徳川家の一族。そのようなことは」

首を傾げた隼人に、大岡が告げた。

「ないとはいえぬ。二代水戸藩主徳川光圀《みつくに》公が始められた『大日本史』の編纂は、小石川《こいしかわ》の上屋敷にある彰考館《しようこうかん》という史館で、今もつづけられている。各地に史館員を派遣して、資料を集めているそうだ。大日本史の根底をなす思想は、尊皇《そんのう》主義。我が国の政は、帝を中心として行われるべきだと、主張している」

一瞬、空に視線を浮かした隼人が、大岡に顔をもどして問うた。

「水戸藩士たちが、朝廷の摂関家や公家たちと接触し、帝を動かそうとする動きを封じるのが、此度《こたび》の私めの任務。そういうことですね」

「そうだ」

大岡がこたえた。

わきから、吉宗が口をはさんだ。

「不思議なのは、水戸藩御附家老の中山備前守に何の動きもないことだ。御附家老は、将軍家から差し向けられた、御三家の監視役ともいうべき役向きの者。しかも、家来の坂本が殺されたのに、何もしないというのは、解せぬ」

「上様は、中山家に疑念を抱いておられるのですか」

問いかけた大岡に吉宗が応じた。

「曖昧模糊《あいまいもこ》としたものを感じているだけだ。そうでないことを望んでいる、というのが本当のところだ」

無言で、大岡がうなずいた。

顔を隼人に向けて、吉宗が告げた。

「仙石、此度も表沙汰にはできぬ騒動。隠密裡に事を処理してくれ」

「力のかぎり、務めます」

畳に両手をつき、隼人が深々と頭を下げた。

四

帰城する吉宗の駕籠《かご》を、庫裏の陰から大岡と隼人が見送っている。

目を吉宗の一行に向けたまま、大岡がいった。

「此度の探索、はなから与八《よはち》とお藤《ふじ》を同行させたほうがいいのではないか」

大岡を見やって、隼人が応じた。

「此度は多人数が相手。ひとりでは手に余る探索。与八とお藤を連れて行くこと、私から大岡様に申し入れようと思っておりました」

「お藤には悪いことをした。三味線の師匠をやっていたのに、探索を手伝わせて長期間の留守を強いてしまった。そのせいで、弟子たちがやめてしまった。役に立つものだから、ついついお藤を便利に使ってしまった」

口調から判じて、大岡の本心から出たことばだと思われた。

「『いつ何時《なんどき》、働いてくれ、と声をかけるかわからぬ。些少《さしょう》だが』と仰《おっしゃ》られて、大岡さまから月々過分の手当をいただいています。心遣い、ありがたいかぎりです、とお藤から聞いております。いまは三味線のお師匠さんをやっている、お藤が芸者だったころ姐《ねえ》さん格の芸者だったお駒《こま》さんのところで代稽古をやらせてもらっているそうです」

「それはよかった。わしも多少は気が楽になる」

微笑んだ大岡に、真顔になって、隼人が告げた。

「話しておきたいことがあります」

「何だ」

「以前、父上がらみの探索で尾張《おわり》へ出かける前に、水戸藩の藩士たちに襲われたことがありました」

「水戸藩士に襲われた、だと」

鸚鵡《おうむ》返しをした大岡に隼人が応じた。

「襲ってきた藩士、三村《みむら》某《なにがし》という名でしたが、その奴を捕らえて詰問したところ、藩邸に、私が密命を帯び、水戸藩に謀反《むほん》の疑いをかけようと画策している、との匿名の投げ文があった。投げ文の主が何者かわからぬが、容易ならざる一大事、と判断して、同志とともに襲った、と白状しました」

「その奴ら、まことに水戸藩士だったのか」

「三村が下屋敷詰めの者だ、というので、引き据えて水戸藩下屋敷に乗り込みました」

「応対に出た下屋敷の差配役は、水戸藩の者ではないと、こたえたのだな」

「そうです。私は、さらに追求すべく、なら水戸藩士を騙《かた》った三村にこの場で果たし合いを申し入れ、命のやりとりをするが、それでもいいか、と尾形貫介《おがたかんすけ》と名乗った差配役に迫ったところ、当藩と関わりのない者、ご存分に、との返答を得ました」

「三村は、そのことばに、自分は水戸藩士だ。なぜ、そんなことを言うのか、と抗ったのだな」

「激して、大変な剣幕でした。が、尾形は一切受け付けず、ご存分に、と繰り返すのみ。それで私は」

「立ち合って、切り捨てたか」

　無言で首肯して、隼人がこたえた。

「立ち合う前に、骸を放置されるもよし、片づけるもよし、と問いかけましたが、答はありませんでした。三村を斬り捨て、『検分、かたじけない』と告げ、背中を向けました。背後で尾形たちが屋敷内に入っていく気配がして、表門が閉められました」

「骸を片づけている気配はなかったのだな」

「辻を曲がり、表門を見張れるところに身を潜めて、小半刻ほど見張りましたが三村の骸は放置されたままでした。三村が水戸藩士だったかどうか、真偽のほどはわかりません」

吉宗を乗せた駕籠が辻を曲がって見えなくなった。顔を隼人に向けて、大岡が告げた。

「水戸藩では、いまだに彰考館で、尊皇思想を基本とする大日本史の編纂作業がつづけられている。三村某という者、おそらく水戸藩士であろう。御神君が定められた御三家の将軍継承順位を覆して、上様が紀州藩より入られて八代将軍の座につかれたことに不満を抱く水戸藩の藩士のなかに、帝を担いで、天下に騒乱を起こそうと企んでいる者がいても、何ら不思議はない」

「上様や大岡様は、水戸藩藩主は、そんな藩士たちの動きを知りながら、やりたいように泳がせている、と疑念を抱いておられるのですね」

「上様のおもいはわからぬが、わしは疑っている。水戸藩ぐるみのことではないかとな。気になるのは、御附家老の中山様のことだ。御附家老の役目は、水戸藩に不穏な動きがあれば、将軍に直ちに報告するように定められている。が、何の動きもない」

「疑念はすべて、調べ上げましょう。とりあえず、水戸藩に探りを入れ、動きを見定めた上で、京へ向かいます」

「明日の朝にも、与八に探索に必要な掛かりを渡し、届けさせる。お藤には、京都所司代へ宛てた、此度の探索に全面的に協力するように、と命じた上様とわしが署名した書状を渡しておく。明日にでも登城し、上様に書状を認《したた》めてもらう。おぬしは、京でどう動くか、お藤や与八と段取りを話し合ってくれ」

「承知しました」

隼人が応じた。

五

朝五つ（午前八時）過ぎに、与八が屋敷にやってきた。

大岡から預かった探索の掛かり二百両を、届けにきたのだった。

「昨日の夕方、御奉行さまから呼び出されて、預かりました。今日の暮六つまでに南町奉行所へもどらなければなりません。お藤に託す京都所司代さま宛ての書状を受け取って、届けることになっていますんで」

玄関脇の座敷で、隼人と向かい合って座るなり、与八が話しかけてきた。声が弾《はず》んでいる。大岡から、隼人に同行するように命じられて、こころが躍っているのだろう。

与八は以前は両国《りょうごく》の軽業《かるわざ》小屋で、曲乗りと礫《つぶて》打ちを得意とする軽業芸人であった。地回りのやくざと、矢場《やば》の女を取り合って揉め事になり、そのやくざを半殺しにした。自ら名乗り出て、所払いの裁きを受け、罪を償《つぐな》って江戸にもどってきた与八は、名乗り出たときに面倒をみてくれた南町奉行所同心・神尾《かみお》伸介《しんすけ》に請われて手先となり、岡っ引きを務めている。

笑うと出っ歯気味の唇がとんがって、ひょっとこの面に似てくる。

(顔を合わせるたびにおもうのだが、与八は顔で得している。この顔つきなら、どんな窮地に陥《おちい》っても、余裕のある顔に見えるだろう)

隼人は、あらためて、しげしげと与八の顔を見つめた。

苦笑いして、与八が応じた。

「厭《いや》だな、旦那。色女《いろおんな》の顔を眺めるような潤《うる》んだ目つきで、あっしを見ないでくださいよ。照れますぜ」

苦笑いして、頭をかいた。

隼人も苦笑いで応じた。

「色女か。見当違いもはなはだしいぜ。人並み外れた、おもしろい顔。得な顔つきだな、と感心して、見入っただけさ」

「言われなくともわかってますよ。あっしが、ひょっとこ面《づら》しているってことは」

膨《ふく》れっ面して、与八がそっぽを向いた。

覗き込むようにして、隼人が言った。

「これから出かけるが、おれにつきあうか。夕方まで閑《ひま》だろう」

「これでも、何かと忙しいんで」

応じた与八を横目で見やって、

「そうか。なら、おれひとりで出かける」

脇に置いてある大刀を手にして、隼人が立ち上がった。

「これだ。行きますよ。今のところ、閑ですからね」

あわてて与八が腰を浮かせた。

「ほんとに乗り込むんですか、水戸藩の上屋敷に」

半歩遅れて歩きながら、与八が隼人に訊いてきた。半ば呆れ返った物言いだった。

「ああ、行くさ。此度の探索にかかわりがありそうな奴らが、どこへ向かったか、たしかめるためにな」

応じた隼人に、与八が言った。

「そのことなら、あっしがとっくに調べましたぜ。信用できないんですかい」

「念には念を入れろ、だ。他にも調べたいこともあるしな」

「他にも？　いったい何を探ろうっというんで」

問いにこたえることなく、隼人が告げた。

「水戸藩上屋敷に行って、しつこく絡《から》むつもりだ」

「絡む？　喧嘩《けんか》になりますぜ。大ごとになるかもしれない」

「大ごとにするのさ。水戸藩の動きを探るには、ことを大きくしたほうがいいのだ。そのために、与八、おまえと一緒にきたんだ」

「旦那、何を考えているんで。あっしに何をしろ、と言うんで」

不意に隼人が立ち止まった。与八も足を止める。

与八に顔を向けて、隼人が告げた。

「与八、おまえは物陰に潜《ひそ》んで、おれと水戸藩の門番との、事の成り行きを見届けるんだ。大ごとになりそうだったら、『火事だ』とか『喧嘩だ』とか適当な騒ぎをでっち上げて、大騒ぎしてくれ。相手が気をとられた隙《すき》に、おれは逃げ出す」

「わかりやした。そういうことなら、派手に一芝居うってみせます。まかしといておくんなさい」

腕まくりをして、与八が得意げに鼻をうごめかした。

水戸藩三十五万石の、上屋敷の表門を望む武家屋敷の塀の陰に、与八が身を潜めている。視線の先に、表門の前で、門番と対峙《たいじ》している隼人の姿があった。

「直参旗本、仙石隼人だ。藩士の野上、朝原、永田、坂本に用がある。取り次げ。四人とも、上屋敷の長屋に住んでいるはずだ」

居丈高《いたけだか》に、隼人が声を荒らげた。

隼人の剣幕に困惑した門番が、上目遣《づか》いにこたえる。

「いま、いらっしゃいません。どのような御用ですか」

「先日、町中ですれ違ったとき、大刀の鞘《さや》がぶつかった。その場は、人混みのなかということで穏便におさめたが、そのときの四人の態度が、謝っているのかどうか、曖昧極まる様子だったので、時が経つにつれて腹立たしい思いが高まってきた。どうにも腹の虫がおさまらぬので、決着をつけにきた」

苛立《いらだ》たしげに、隼人が大刀の柄《つか》を叩いた。

驚いた門番が、甲高い声を上げた。

「決着をつける？　まさか果し合いをなさるつもりじゃ」

目をぎらつかせて、隼人が告げた。

「出かけた先に押しかけても決着をつける。言え。どこへ出かけた。腕ずくでも聞き出すぞ」

凄《すご》んだ隼人に、首をすくめて門番が応じた。

「坂本さまは病に冒《おか》され、急死されました。野上さまたちは、旅に、いや国元へ出向かれて、しばらくもどられません」

「国元か。水戸へ行けば、会えるんだな」

「そこのところは、わかりません」

問番がこたえた。

「おのれ、隠し立てする気か」

いきなり隼人が、門番の襟を摑んでひねりあげた。

「以前、会ったことがある、下屋敷詰めの尾形貫介という藩士も、上屋敷の長屋にいるはずだ。野上らの行く先、そいつに訊く。取り次げ」

隼人が門番の襟を摑んでいた手に力をこめ、締め上げた。喘《あえ》ぎながら、門番が甲高い声を上げた。

「尾形さまも、お留守でございます」

その声が途切れたとき、物見窓のなかから、表戸を開けて飛び出していく足音が聞こえた。

おそらく詰所に控えていた小者が、隼人と門番のやり取りから、大ごとになるかもしれない、と判断して、近くに詰めている藩士たちに、異変を知らせに走ったのだろう。

（これ以上騒ぎ立てたら、助勢にかけつけた藩士たちと斬り合いになる。そうなると、何かと面倒だ）

瞬間、隼人はそう判じた。

門番を見据えて、問うた。

「いない、だと。尾形は彰考館にかかわりがあったな」

口から出まかせ、嘘も方便の当てずっぽうの問いかけだった。

「そうです。下屋敷詰めから、いまは彰考館に配属されておられます」

派手に舌打ちを鳴らして、隼人が吐き捨てた。

「そうか。尾形もいないか」

荒々しく門番を突き放して、つづけた。

「出直してくる」

踵《きびす》を返して、歩き出す。


与八は焦っていた。

駆けつけた藩士たちが、門番の後ろに迫っているのが見えたからだ。

隼人は、まだ数歩ほどしか遠ざかっていない。

そばにきた藩士に、門番が何やら話している。まわりの殺気だった藩士たちは、隼人を睨みつけていた。

背後の気配は察しているはずなのに、隼人は歩調を変えることなく、悠然と歩をすすめている。

そんな隼人に、目を注ぎながら、与八がつぶやいた。

「いつものことながら、度胸がいいというか、無鉄砲というか」

が、次の瞬間……。

ふっ、と呆れたように、笑みを浮かべた。

「ま、そこが旦那のいいところだけどな」

みょうな納得の仕方をして、与八が隼人に目を向けた。

そこらへ散策へ出向いてきたかのような足取りで、隼人が歩き去っていく。

第二章　風前の渡し

一

京都所司代に宛てた、八代将軍吉宗と大岡越前守連名の書状を、大岡から預かった与八は、お藤に届けるべく早足で歩をすすめていた。

お藤は以前、蝶奴《ちょうやっこ》という源氏名で、気っ風の良さと、美貌を売り物に、深川《ふかがわ》の遊里で評判の、売れっ子芸者だった。

浪人だった父の仕官を約定《やくじょう》した、幕府の要人に利用され、隼人の見張り役をやらされていたお藤は、父が病に倒れ、息絶えたことも知らせてこない要人に愛想をつかし、次第に隼人に協力するようになっていった。

側目付の任務の途上、憤死した父武兵衛のように、うまく三味線を弾きこなしたい、という隼人の望みを聞き入れたお藤は特訓を重ね、それなりに弾きこなせるまで教え込んだ。

いまでも隼人は、いつ探索の旅に出るかわからなくなったために、三味線の師匠をやめたお藤のところへ、たった一人の弟子として五日に一度、三味線の稽古に通っている。

お藤は、やや吊りぎみの大きな二重《ふたえ》の瞳、鼻筋の通った、高からず低からずの鼻、小さめの、それでいてぽってりと肉厚の唇が、均整のとれた形で配され、艶《あで》やかな色気と、勝ち気さが同居している、飛び切りの美形だった。


歩いてきた与八の足が、不意に止まった。

風に乗って流れてくる華やかな三味線の音色に思わず聞き惚れている。

二棹《さお》の三味線が弾き出す、一糸の乱れもない、呼吸《いき》の合った奏楽であった。

目と鼻の先に、お藤の家がある。

(三味線は、お藤の家で弾いているんだろう。一人はお藤。もうひとりは)

首を傾げた与八が、はっ、としてつぶやいた。

「まさか隼人の旦那が」

次の瞬間、大きく首を横に振っていた。

(旅立ちが間近に迫っている。旦那に三味線を弾いている閑《ひま》はねえはずだ。もっとも旦那が、こんなにうまく弾けるとは、とてもおもえねえ。旦那が弾いているなんて、ちょっとでもおもうなんて、どうかしてるよ)

苦笑いして、与八は足を踏み出した。

思った通り、三味線の音はお藤の家から流れてくる。

外から声をかけても聞こえないだろう、と判じた与八は、なかに入って呼びかけることにした。

表戸に手をかけ、開ける。

そのとき、それまでぴったりと合っていた音が、大きく外れた。

間髪を容《い》れず、お藤の甲高い声が響き渡った。

「何やってるんだよ。いつも、ここで間違うじゃないか。稽古に身を入れてないから、しくじるんだ」

呆気にとられた与八が、なかに入り、後ろ手で表戸を閉める。

廊下につづく上がり端《はな》に足をかけた与八は、稽古場として使われている、入ってすぐの、左手にある座敷に歩み寄った。

座敷のなかから、申し訳なさそうな声で、何やら言い訳している男の声が聞こえてきた。

思わず与八が顔をしかめた。

（間違いねえ。旦那の声だ）

胸中でつぶやいて、声をかける。

「お藤、与八だ。三味線の稽古をしている様子だったんで、勝手に上がらせてもらった。入るぜ」

襖《ふすま》を開けた与八の目に、お藤の前で、三味線を抱えたまま肩をすくめた、青菜に塩の態《てい》の、隼人の姿が飛び込んできた。

「旦那、何です、そのざまは。情けないったらありゃしねえ。小野派一刀流皆伝《おのはいっとうりゅうかいでん》、天下の暴れん坊、喧嘩屋隼人の面目《めんぼく》、丸潰れですぜ」

話しながら入ってきた与八が、車座になるように、隼人とお藤の間に座った。

顔を向けて、頭をかきながら隼人が応じた。

「そう言うな。お藤は、おれの三味線の師匠だ。うまくできなかったら、師匠から叱られるのは当たり前だ」

微笑んで、隼人と与八のやりとりを眺めていたお藤が口をはさんだ。

「与八さんがきたことだし、これで三味線の稽古は終わりましょう。今度の探索の段取りを話し合いませんか」

「そうだな」

応じて隼人が、三味線を脇に置いた。

二

二日後、暁《あかつき》七つ（午前四時）に日本橋で待ち合わせた隼人、与八とお藤は、京へ向かって旅立った。あたりは魚市場へ出入りする担ぎ商いの魚屋たちが往来し、時ならぬ賑《にぎ》わいに沸き立っている。

品川から浅草海苔《あさくさのり》産地の大森《おおもり》を過ぎ、六郷《ろくごう》の里にあることから、海道筋では六郷川とも呼ばれる玉川《たまがわ》にさしかかった。

品川に次ぐ東海道二番目の宿場、川崎宿《かわさきじゅく》へ行くには、船に乗って向こう岸へ渡らねばならない。八幡塚村《はちまんづかむら》の渡船場で、六郷渡《ろくごうのわたし》の船に乗り込んだ隼人たちは、ほどなく、川崎宿船場町《せんばちょう》の定船場《じょうふなば》に降り立った。

先日打ち合わせたとおり、お藤は吉宗と大岡連名の、京都所司代に宛てた、内々の協力を依頼した封書を携えて京に先乗りし、所司代に手渡すため、ここで隼人たちと別れ、東海道五番目の宿場戸塚《とつか》宿へ向かった。

江戸から川崎宿までは四里半（約十八キロ）。ほとんどの旅人は、一日九里（約三十六キロ）ほど歩くので、戸塚宿で泊まるのが、平均的な旅程であった。

京へ上る旅人は、川崎宿では休憩するか昼飯を食べるだけだった。大師河原《だいしがわら》にある、厄落としで有名な平間寺《へいけんじ》川崎大師へ参詣に来る者も多く、奈良茶飯《ならちゃめし》で有名な万年屋《まんねんや》をはじめ、会津屋《あいづや》・新田屋《にったや》などの旅籠《はたご》や茶屋が連なり、川崎宿は活気を呈していた。

河川敷にあった川崎宿船場町の定船場の宿場寄りには、川会所《かわかいしょ》、川高札場《こうさつば》が設けられ、船頭たちが詰める水主《かこ》小屋がならんでいた。川会所には、渡船業務を仕切る水主頭二人、会所詰二人、肝煎《きもいり》四人が常駐していた。

隼人と与八は、水主小屋のそばに立ち、八幡塚村の渡船場で乗り込み、川崎宿の定船場に降り立つ旅人たちに目を注いでいる。

旅人たちを見つめたまま隼人は、肩をならべた与八に話しかけた。

「大政奉還を企む水戸藩士たちは、野上たちだけではないだろう。少なくとも三十人はいると思う。多人数での旅は人目につく。二、三人が一組になって行動しているはずだ」

「あっしも、そうおもいやす。先日、探索の段取りを話し合ったときに、川崎宿の定船場で見張って、乗客のなかに水戸藩士らしい連中がいるかどうか、たしかめると仰ってましたが、どうするつもりで」

応じた与八に、隼人が告げた。

「川崎宿の旅籠に、二、三日泊まり込んで、水戸藩士が京へ向かっていることを、今一度たしかめる」

「どうやって、たしかめるんで」

「喧嘩を売るのさ」

「また喧嘩を」

呆れた与八に、

「その手立てしか、おもいつかぬのだ。やりなれたこと、しくじりはない。水戸のことばには、独特の訛《なま》りがある。喋らせれば、水戸藩士かどうか、見極めがつく」

「たしかに」

首をひねって、与八が訊いた。

「喧嘩の売り方は決まっているんで」

「そのときになって考える」

「そのときになって、ですか？」

さらに与八が呆れかえった。

「喧嘩が起きるきっかけなんざ、そんなものさ。その場その場の、双方の気分次第で起きること。それが喧嘩だ」

「そんなもんですかね。わかったような、わからないような」

釈然としない顔つきで、再び与八が首をひねった。

三

その日は、水戸藩士とおぼしき連中は現れなかった。

翌朝一番に着く渡し船から見張るべく、隼人と与八は定船場近くの旅籠に泊まることにした。

風呂に入り、晩飯を食べ終えた隼人が、与八にいった。

「遊ばせ上手と評判の、川崎宿の飯盛女《めしもりおんな》相手に遊びたいだろうが、今日のところは我慢してくれ」

一口茶を飲んで、与八が揶揄《やゆ》する口調で応じた。

「あっしはいいですよ。遊びたいのは旦那のほうでしょう」

「女は苦手だ。以前、盛り場を歩き回っていたのは、喧嘩する相手をみつけるためだ。喧嘩はいい。女と違って、へんに気をつかわないですむ。喧嘩は勝つか負けるか、それだけのことだ」

「下手すりゃ命のやりとりになりますぜ。あっしは、喧嘩より飯盛女相手に一遊びしたほうが、ずっといいですね」

「考え方の違いってやつだな。どれ、食後の一休みといくか」

いきなり横になった隼人が、腕枕をして目を閉じた。

寝息を立てはじめる。

「これだ。その気になれば、いつでもどこでもすぐ眠れる。旦那には、いつもながら驚かされるぜ」

つぶやいた与八が、隼人を見つめて微笑んだ。

翌早朝、水主小屋のそばで張り込んだ隼人と与八は、旅籠がつくってくれた握り飯を頬張りながら、八幡塚村からの一番船が、川崎宿の定船場に着岸する様子を眺めていた。

武士は乗っていなかった。

目の前を、急ぎ足で川崎宿内へ向かって歩いて行く旅人たちを横目で見て、与八がつぶやいた。

「長い張り込みになりそうですね」

「気長にいこう。そのうちに必ずやってくる」

こたえた隼人が、大口を開けて握り飯を頬張った。

昼過ぎ、張り込む場所を茶店の縁台に移した隼人たちは、団子を食べながら、定船場へ漕ぎ寄せてくる渡し船を見つめていた。

「武士が三人、乗っている」

「きましたね」

身を乗り出して、与八が目を凝《こ》らした。

河原に降り立った武士たちが、隼人たちの目の前を通り過ぎていく。

銭入れから銭を取り出して、隼人が声をかけた。

「亭主。茶代は、ここに置くぞ。釣りはいらぬ」

銭入れを懐にもどし、隼人が立ち上がった。

歩き出す。

「行くなら行く、と声をかけてくださいよ」

茶を飲もうとしていた与八が、あわてて湯呑みを置き、腰を浮かせた。

四

旅籠や茶屋、商家などがつらなる川崎宿を貫く通りを、三人の武士が肩を怒らせて歩いていく。

隼人と与八は、気づかれないほどの隔たりをおいてつけていった。

武士たちに目を向けたまま、隼人が話しかける。

「与八、走ってくれ」

「走る？」

鸚鵡《おうむ》返しをした与八に、隼人が告げた。

「掏摸《すり》を、ごまの蝿《はえ》を追いかけるふりをして走り、奴らのひとりにぶつかって、喧嘩を売る。それがおれの策だ」

「あっしが掏摸の役をやるわけですね」

「与八は、おれより足が速い。思い切り走らないでくれ。追いつけなくなる」

「そこんところは、まかしといておくんなさい。旦那が武士のひとりにぶつかったら、最初の辻を右へ曲がったところで待っておりやす」

「そうしてくれ」

応じた隼人が、前方を見据えて告げた。

「走れ」

目でうなずいた与八が、走り出す。

一呼吸おいて、隼人が呼ばわる。

「待て」

声を上げるや、与八を追って走り出す。

与八が、武士たちの傍《かたわ》らを駆け抜けた。

「逃がさぬ」

わめきながら駆け寄った隼人が、つまづいたふりをして派手にふらつき、武士のひとりに、勢いよくぶつかった。

武士が大きくよろける。

蹈鞴《たたら》を踏み、やっとの思いで、体勢をととのえた武士に、いきなり隼人が怒声を浴びせる。

「のんびり歩きやがって、この間抜け野郎。ごまの蝿に逃げられたじゃないか。おれが盗まれた金を弁償しろ」

ぶつかられた武士が気色《けしき》ばんで、声を荒らげた。

「弁償しろだと。ぶつかってきたのは貴様でねえか」

わきから年嵩《としかさ》の武士が吠えた。

「武士に向かって、間抜け野郎とは、許せぬぅ」

激昂した残る武士が、大刀を抜いてわめいた。

「勘弁できぬ。浪人は武士とはいえぬ、町人と変わらぬ身分の者。無礼打ちにしてやっぺい」

ふてぶてしい笑みを浮かべて、隼人が告げた。

「水戸訛《なま》り。おぬしら、水戸藩の藩士か」

驚いたのか、三人が焦って顔を見合わせる。
次の瞬間、他の二人も大刀を抜き連れる。
「問答無用。食らえぃ」
最初に大刀を抜いた武士が、隼人につきかかった。
身を躱《かわ》した隼人が、その刀を居合抜きで弾き飛ばす。
迅速極まる、隼人の動きだった。
空に飛んだ大刀が、勢いを失って落下する。
大刀を避けるため、あわてて武士たちが後ろへ飛んだ。
大刀が、地面に突き立つ。
ひるんだのか、及び腰で三人が息を呑む。
目を見交わした瞬間、年嵩の武士が告げた。
「手強い奴でぇ。大事の前、逃げるが勝ちだっぺ」
ほとんど同時に、ほかのふたりが首肯した。
年嵩の武士が大刀を右手に持ったまま、隼人に背中を向けるや、走り出した。
別の武士はそれにならう。
突きかかってきた武士が、あわてて地上に突き立った大刀を引き抜き、鞘に納めることなく、遠ざかるふたりを追って走った。

三人は、近くの辻を右へ折れて、姿を消した。

見据えたまま、隼人はその場を動こうとしない。

武士と入れ違いに、辻から与八が出てきた。

隼人に歩み寄る。

鍔音《つばおと》高く、大刀を鞘《さや》に納めた隼人が、そばにきた与八に声をかけた。

「水戸訛りがあった。もう少し見張ろう。何人かやってくるはずだ」

「念には念を入れろ、だ。そうしましょう」

応じた与八が、武士たちが逃げ込んだ辻に目を向けた。


ふたりは翌日も、六郷渡で張り込んだ。

結果、三人ずつ二組の、水戸藩士とおぼしき武士たちが定船場に降り立ち、川崎宿を通り過ぎていくのを見届けた。

四日目、朝飯を食べた後、隼人と与八は旅籠を出た。

旅籠の前で、隼人が足を止める。

つられて与八が、立ち止まった。

「川崎宿の探索に、時をかけ過ぎた。京までの旅、休む間を惜しんでの急ぎの旅になるぞ」

「わかっておりやす。旦那とあっし、どっちが先に音をあげるか。一勝負しますか」

悪餓鬼《がき》が、悪戯《いたずら》を仕掛けるときのような笑みを浮かべた与八に、

「その勝負、受けた」

にやり、として隼人が応じた。

五

八日後の暮六つ（午後六時）過ぎに、隼人と与八は、京の入り口ともいうべき、三条大橋《さんじょうおおはし》のたもとに立っていた。

健常な男が、江戸から京まで旅をした場合、十三日から十五日かかる、といわれている。日数からみて、隼人と与八がいかに強行軍で旅を重ねてきたか、推察できる。

与八が隼人に話しかけた。

「旦那もあっしも、きつい、休もう、ということばは一度も吐かなかった。意地を張った分、疲れ果てやした」

「おれも疲れた。どっちが先に音を上げるか、という勝負、痛み分けということにしよう」

「痛み分け、ですね。あっしに異存はありやせん」

笑みをたたえて与八がこたえた。

「三条大橋の近くには旅籠がならんでいる、と旅の本に書いてあった。近くの、適当な旅籠をみつけて泊まろう。女の足だ。お藤も、昨日あたり京に着いたころだろう。刻限からみて、出かけても満足な探索はできない。動き出すのは明日からにしよう」

「そうしますか。晩飯を食べたら、ひとっ風呂浴びて、ぐっすり眠らせてもらいやす」

「風呂は先に入っていいぞ。おれは、飯を食ったら、持ってきた京の大絵図《おおえず》をひろげて、帝《みかど》の御所や公家たちの屋敷への道筋を調べておく」

「旦那が風呂からもどったら、明日からの段取りを話し合いましょう」

「そうだな。とりあえず宿を決めよう」

声をかけ、隼人が足を踏み出した。

無言でうなずいて、与八がつづいた。

第三章　霧中《むちゅう》の探索

一

　隼人と与八は、鴨川《かもがわ》沿いにある〈茨木屋《いばらき》〉という旅籠《はたご》に、隣り合う二部屋をとって泊まることにした。お藤が合流したときに備えてのあらかじめの処置であった。

　この夜、風呂からもどってきた与八に、厳しい顔をして隼人が告げた。

「此度《こたび》の探索、厄介《やっかい》極まるぞ」

「何ですって」

「帝《みかど》の住まわれる禁裏《きんり》御所と上皇が住んでおられる仙洞《せんとう》御所、いわゆる内裏《だいり》の周辺に公家の屋敷が密集している。どうやって張り込むか、大変だ。それと」

「何です？」

問い返した与八に、敷いた夜具の傍《かたわ》らに広げてある京の大絵図《おおえず》の、公家屋敷が集まる公家町と呼ばれる一画を、指で指し示した隼人が、

「見ろ」

と大絵図に指先をつけ、ゆっくりと動かした。

公家町と通りをひとつ隔てたところに描かれた、とある屋敷で指を止める。

与八が絵図をのぞき込んだ。

〈水戸徳川屋敷〉と記されている。

「水戸藩の京屋敷は、開かずの門の、新在家御門《しんざいけごもん》の前にあるんですね」

驚きの声を上げた与八に、隼人がいった。

「水戸藩の京屋敷はともかく、公家町のなかにある禁裏御所や、水戸藩と気脈を通じている公家たちを見張るのはむずかしそうだ。浪人に見えるおれや、町人のおまえが、公家町のなかにいたら、目立つことこの上ない。よい手立てを考えねばならぬな」

「張り込む場所へ行って、あたりを歩きまわって様子を探れば、よい知恵が浮かぶかもしれません。とりあえず明日は、あっしが水戸藩京屋敷を張り込みやす。まだ京に着いていないと思いますが、川崎宿で見かけた藩士たちが、出入りして

いるかもしれません」

「そうしてくれ。少なくとも喧嘩をふっかけた三人に、おれは顔を見られている。水戸藩京屋敷を見張るのは、避けるべきだろう」

「旦那は、どう動かれるんで」

「とりあえずは明日は、京都所司代へ出向いて、所司代様や配下の者に会い、お藤の泊まっている旅籠を聞き込んで、お藤に会いに行く。お藤に、いま泊まっている宿を引き払わせて、この旅籠に連れてくる」

「わかりやした。この宿の番頭に、京の絵図を売っている店を教えてもらい、買ってから、水戸藩京屋敷へ向かいます。いつでもすぐに絵図を見ることができなきゃ、土地勘のない京の都、どこにいるかわかりませんからね」

「細かい動きは、与八にまかせる。おれは、これから風呂に入ってくる。先に寝ていいぞ」

「そうさせてもらいます」

笑みで応じた与八に、

「大絵図をたたんで、枕元に置いといてくれ。隣の部屋に与八の夜具を敷いてもらった。ゆっくり休んでくれ」

笑みを返して、隼人がのっそりと立ち上がった。

二

翌朝、朝飯を食べ終えたふたりは、同時に茨木屋を出た。

宿の前で二手に分かれ、隼人は京都所司代へ、与八は番頭に教えてもらった店に立ち寄って、絵図を買い求め、水戸藩京屋敷へ向かった。

水戸藩京屋敷のそばにきた与八は、周囲を見渡した。張り込む場所を探している。

新在家御門と向かい合う形で、水戸藩京屋敷が建っていた。新在家御門の左右に塀がのびている。

(大内裏の塀の切れたあたりで張り込むと、遠すぎて屋敷に出入りする者たちの顔を、見届けることはできない)

そう判断した与八は、大胆にも水戸藩京屋敷の塀の端に身を潜め、張り込むことにした。

（気づかれて、咎《とが》められるおそれもあるが、できるだけ目立たぬように、適当に場所を変えながら、見張るしか手はない）

　そう腹をくくっている。


　京都所司代屋敷は、二条城の北側に位置していた。上屋敷、隣接して建つ、堀《ほり》川通《かわどおり》に面しているため堀川屋敷とも呼ばれる中屋敷。千本通《せんぼんどおり》に面していることから千本屋敷ともいわれる下屋敷から成り立っていた。

　上屋敷が、いわば政庁ともいうべき建家で、京都所司代の役宅でもあった。

　大岡がお藤に託した書状で、隼人のことは、京都所司代松平忠周《ただちか》に伝わっているはずだった。

「『江戸から参った者。所司代様に取り次いでほしい』と門番に申し入れれば、何の問題もなく、面会できる手筈がついている。内々で助力もしてくれる」

　と大岡から聞いている。

　京都所司代上屋敷の門番に歩み寄って、隼人が告げた。

「江戸から参った者、所司代様に取り次いでほしい」

　近寄ってくる隼人を、胡散臭《うさんくさ》い者とみて、露骨に警戒の目を注いでいた門番の態度が、その一言で急変した。

姿勢を正して、応じた。

「委細承知しております。まずはなかにお入りください、式台まで案内いたします」

浅く腰をかがめ、慇懃《いんぎん》な態度で隼人を招き入れた門番は、式台まで案内し、

「直ちに取り次ぎます。暫時《ざんじ》、この場でお待ちください」

声をかけ、早足で立ち去っていった。


ほどなくして、屋敷奥から、廊下を小走りに近寄ってくる足音が聞こえてきた。

式台に出てきた三十半ばとおもわれる武士が、会釈して隼人に声をかけてきた。

「所司代側役、伊東正吾《いとうしょうご》と申します。お藤さんから聞いております。江戸からこられた仙石様でございますね」

「直参旗本、仙石隼人と申す。お藤はいつ所司代屋敷にやってきたのですか」

「昨日です」

「昨日ですか。私が所司代屋敷に顔を出す前に、着いていてよかった。急ぎに急いだ旅、ひょっとしたら私が先に着いてしまったのではないか、と心配しており

ました」

「宿泊先の旅籠がどこか、聞いております。用部屋に控をとってあります。後ほど、お伝えします」

「お願いします」

「殿、いいえ、所司代様から、接見の間に案内するよう命じられています。まずはお上がりください」

「上がらせていただく」

草履《ぞうり》を脱いだ隼人が、式台に足をかけた。

三

京都所司代松平忠周と隼人の話し合いは、顔合わせ程度で終わった。

接見の間に隼人が入って行くと、すでに忠周は上座にいた。

向かい合って、隼人が座る。伊東は、忠周の斜め脇に控えた。

「直参旗本仙石隼人と申します。役向きは、京都所司代様に宛てた、上様ならびに江戸南町奉行大岡越前守様連名の書状に記されているとおりでございます。御助力のほど、よろしくお願いいたします」

深々と頭を下げた隼人に、忠周が告げた。

「委細承知している。助力は惜しまぬ。実務は、伊東にすべてまかせることにした。何事も遠慮なく申し入れるがよい」

「ありがたき御言葉。痛み入ります」

再び隼人が、頭を下げる。

「後は伊東と話し合うがよい」

顔を向けて、ことばを重ねた。

「伊東、仙石の望み、すべてかなえるように。よいな」

「心得ております」

こたえた伊東が、向き直って隼人に告げた。

「仙石様、聞いての通りでございます。何なりと申し出てくだされ」

「何とぞよしなに」

応じた隼人に、忠周が声をかけた。

「何かと多忙。これにて御免」

言うなり、立ち上がった。

「御厚情、感謝の極みでございまする」

隼人が平伏する。

あまりにも素っ気ない、忠周の対応だった。

(所司代様の様子をみるかぎり、ことばどおりの助力を得られるとは、とてもおもえぬ)

そう胸中でつぶやいていた。

が、そのおもいは、杞憂《きゆう》で終わった。

接見の間から忠周が出て行った後、それまで固い表情だった伊東が、隼人に笑いかけてきたのだ。

「殿は、あのような態度をとられるが、悪気はないのです。実務はつねに藩士まかせなのです」

「そうですか。見捨てられたかとおもいましたよ」

隼人は、屈託のない笑みを浮かべて、応じた。

松平忠周は信濃《しなの》国上田《うえだ》藩五万八千石の初代藩主であった。丹波《たんば》国亀山《かめやま》藩三代藩主になった後、武蔵《むさし》国岩槻《いわつき》藩主、但馬《たじま》国出石《いずし》藩主、上田藩主とつづけざまに転封されている。生まれたときから、大名になるべく育てられた人物であった。

（殿は、実務はつねに藩士まかせ、と伊東殿がいったが無理もない）

と隼人はおもった。

かけてきた伊東の声が、そんな隼人のおもいを断ち切った。

「和歌の造詣が深い殿は、たびたび公家たちから、歌会に招かれておられます。公家たちとの関係はうまくいっているので、できることなら、このまま何事もなく済ませたい、というのが殿の御気持ちでしょう。付き合いを深めるほど公家たちの動静を調べやすくなりますから。しかし、上様からの依頼となれば、従わざるを得ない、というのが本当のところかと」

「事情は、よくわかりました。知っているかぎりのことでいいですから、公家たちのこと、いろいろと教えてもらいたいのですが」

「承知しました。その前に、お藤さんの泊まっている旅籠の控書を持ってきます。暫時、お待ちください」

伊東が腰を浮かせた。

四

もどってきた伊東は、手に風呂敷包みを下げていた。

風呂敷包みを隼人の前に置き、向かい合って座る。

「なかに、最近の朝廷の様子を、禁裏付《づき》が報告した覚書が入っています。いま朝廷がどんな状況か、かいつまんで話しますが、仙石様が読まれたら、私が気づかない不審な点を見いだされるかもしれない、と思って用意しました。控えがないので、読まれたら返却してください」

「承知しました」

こたえた隼人が、口調を変えて問いかけた。

「で、いま朝廷は？」

「帝の近習衆が、徳大寺《とくだいじ》家の家臣だった山崎闇斎《やまざきあんさい》が唱えた、垂加神道《すいかしんとう》の講義を、禁裏で行うよう帝に上申しております。皇位を継がれる皇嗣《こうし》様は、徳大寺家の家臣竹内某《なにがし》の講義を受けられているそうです」

「垂加神道の講義を、皇嗣様が」

眉をひそめて伊東が応じた。

「垂加神道は、天照大御神《あまてらすおおみかみ》の子孫である天皇が統治する道こそ神道である、と定義し、天皇を敬《うやま》い、敬を全《まっと》うすれば天地とひとつに合わさることができるという『天神唯一の理』を主張する、尊皇思想ともいうべき説。その垂加神道の講義を皇嗣様が熱心に受けられていることに、私は少なからず危惧を抱いています」

「水戸藩が編纂をつづけている『大日本史』の根幹をなす思想も、尊皇。皇嗣が天皇に即位されたとき、水戸藩と手を組まれたら、どうなるか。戦乱の世が始まるかもしれませぬな」

「御三家の一家、水戸藩が将軍家相手に一戦交えるような事態に陥《おちい》るなど、そんなことが起きるはずがない。そう思いたいのですが」

そこでことばを切ってうつむき、呻《うめ》くようにつぶやいた。

「まさしく、将軍家のお家騒動。私の手に余ること」

無言で伊東を見つめていた隼人が、再び問いかけた。

「此度の事態に所司代様は、どう対処されようとしているのか。伊東殿の見方でよい。所司代様の本音が奈辺《なへん》にあるか、話してもらえぬか」

凝視した隼人から、伊東があわてて視線をそらした。

生唾《なまつば》を呑み込む。

しばしの沈黙があった。

何とこたえていいか、伊東が迷っているのは明らかだった。

隼人は、ことばを発しない。

ただ見つめている。相手のこころの奥底までも見透かそうとする、鋭い眼差しだった。

ややあって、伊東が大きく顋を縦に振った。おのれを得心させるための所作であった。

目を隼人に据えて、告げた。

「殿が、どう考えておられるか。私にはわかりませぬ。ただ」

「ただ?」

見据えたまま、隼人が鸚鵡《おうむ》返しをした。

「殿はただ一言。仙石殿が申し入れること、すべて聞き入れ、手配するように、と命じられました」

「その一言、ありがたい。私の無理難題、聞き入れていただく」

「承知しました。何なりと」

微笑んだ伊東が、懐から一枚の紙片をとりだした。

差し出して、いった。

「お藤殿の泊まっている旅籠の屋号です」

「かたじけない」

受け取った隼人が、書付を開く。書面には、

〈三条大橋近く　旅籠　舞鶴《まいづる》屋〉

と書かれていた。

まさに、灯台下暗し、を絵で描いたようなことだった。土地不案内の隼人たちが、京についてすぐの場所にある旅籠に宿をとったのと同様に、お藤も似たような動きをしていたのだった。

(これからお藤の泊まっている舞鶴屋へ行き、宿を引き払わせて茨木屋に合流させるか)

胸中でそう決めた隼人は、書付を四つ折りにして、懐に入れる。

顔を伊東に向けて、告げた。

「今日のところはひきあげさせていただく。覚書、風呂敷ごと、預かります。読み終えたら、私かお藤が返しにきます」

風呂敷包みを手にとって、腰を浮かせた。

五

所司代屋敷を出た隼人は、茨木屋へもどった。

番頭に声をかけ、風呂敷包みを預かってもらった隼人は、

「舞鶴屋という旅籠に行きたいのだが、道順を教えてくれ」

と訊いた。

「近いですよ」

といって、番頭が道順を教えてくれた。

驚いたことに、舞鶴屋は、茨木屋から出て右へ行き、二つめの辻を右へ曲がって、三軒めに位置しているという。

「京で落ち合うことになっていた知り合いを迎えに行くのだ。泊まり客がひとり増える。今夕の食事を一人分、増やしてくれ」

出際に番頭に、そう言い置いて、隼人は舞鶴屋へ向かった。

舞鶴屋に入った隼人は、近くにいた女中に声をかけた。

「お藤という、江戸からきた女が泊まっているはずだ。仙石がきた、とつたえてくれ。ここで待っている」

仙石がきた、と宿の者からいわれたら、宿を引き払う支度をして、部屋から出てくる、とお藤と川崎宿で別れたときに、決めてあった。

「お藤さんは、部屋にいるので、仙石さまがこられたら、声をかけてほしい、と頼まれております。すぐ呼んできます」

背中を向けた女中が階段を上っていく。お藤は二階の部屋に泊まっているのだろう。

（お藤が旅籠代を支払い、舞鶴屋を引き払う手続きを終えたら、まず茨木屋へもどろう。伊東殿と話したなかみを、お藤から聞き取ろう）

胸中で、そうつぶやいていた。

第四章　消えた足跡

一

半刻（三十分）後、隼人とお藤は茨木屋に着いた。泊まっている部屋に入るなり、隼人から、茨木屋にとっていた二部屋のうちの一部屋を使うように、といわれたお藤は、

「旦那と与八さんに相部屋させるなんて、そんなことできないよ。もう一部屋、とれないかね」

と言い出した。

「そんなこと気にしなくてもいい。ならびで三部屋用意してもらうことは、なかなかむずかしい」

「旦那が言いにくかったら、あたしが頼んでみるよ。あたしの気がすまないのさ」

と口を尖らせた。

「止めても無駄だな。お藤は、いい出したら止まらないから」

いった瞬間、うっかり口走った一言に気づいて、隼人は渋面をつくった。

「どうせあたしは意地っ張りだよ。可愛げがない女で悪かったね」

ぷい、と横を向いて、さっさと部屋を出て行った。

派手な音をたてて襖《ふすま》をしめる。

呆れかえって、隼人がつぶやいた。

「度外れの意地っ張り。玉に傷、とはこのことだ。それさえなきゃ、気っ風もいいし、いい女なのに。困ったもんだ」

うむ、と唸って、

「あれじゃ、惚れた、なんていったら、どやされそうな気がする。女は苦手だ」

ため息をつく。

「覚書でも読むか」

気を取り直した隼人は、風呂敷包みの結び目をほどいて広げた。

〈暮らし向き編〉

と表書されていた覚書を手にとる。

開いて、読み出した。

覚書には、帝《みかど》や公家の暮らしぶりが、事細やかに記されていた。

天皇家には三万石、上皇には一万石、中宮《ちゅうぐう》五千石、親王、内親王三百石、公家衆に合わせて四万石余、幕府から付与された家領、領地より上がる年貢を、帝たちは収入として、受け取っていた。

公家の重臣ともいうべき摂関五家の家領は千から二千石、ほかの公家は百から九百石、家領のない下級公家には家禄《かろく》が支給された。

下級公家たちは、貧しい暮らしを強いられていた。窮乏していた公家たちは先祖代々伝わる書、和歌などの家元としての地位を活用し、収入を得た。たとえば陰陽道《おんみょうどう》を伝える家系の土御門《つちみかど》家は易者に免状を与え、三条西《さんじょうにし》家は香道の、青蓮院《しょうれんいん》宮《のみや》家は書道などの免状を発行して、生活の糧《かて》にした。

公家のなかには、公家町が東西、両町奉行所の管轄外であることに目をつけ、屋敷の一角を賭場として貸し出したり、百人一首の札を作ったりして、糊口《ここう》をしのぐ者たちもいる、と覚書に記してあった。

さらに読み進もうとした隼人に、廊下側から声がかかった。

「旦那、入るよ」

「お藤か。どうだった」

応じると襖を開けて、仏頂面《ぶっちょうづら》のお藤が入ってきた。

隼人の前に座る。さきほどの威勢は、すっかり影を潜めていた。

「三間つづきで泊まらせてくれ、と申し入れて粘ってみたけど、だめだったよ。悪いね、旦那。与八さんと相部屋するしかないね」

笑みを向けて、隼人が応じた。

「気にすることはない。端《はな》からそのつもりだ」

口調を変えて、ことばを重ねた。

「お藤が訪ねていったときの、所司代の反応がどんな様子だったか、教えてくれ」

「門番に、江戸からきた、江戸南町奉行大岡越前守さまの使いの者だといったら、『内与力の伊東様から、江戸からお藤という女性《にょしょう》が訪ねてくる。接見の間に招き入れるように、と指図されております。案内いたします』と、それは丁重な扱いだったよ」

首を傾げて、隼人が訊いた。

「伊東殿から指図された、と門番がいったのか。お藤がくることを、伊東殿はどうやって知ったのだろう」

「大岡さまが、早飛脚で。旦那やあたし、与八さんが江戸から京へ上ったので、顔を出したら、丁重な扱いで迎え入れてほしい、と記した将軍さまと連名の封書を、公儀御用の継飛脚で、所司代さまに届けてくださっていたのさ」

「そういうことか。いつもながらの大岡様の細かい気遣い。ありがたい以外の何ものでもない」

「その継飛脚のおかげで、所司代さまに、あたしが大岡さまから預かった封書を、直接渡すことができたんだ。所司代さまは、封書を開いて、お読みになり『委細承知した。実務は、控えている伊東にまかせることにした。今後は、何でも伊東に相談してくれ』と仰《おつしや》って、すぐに座を立たれました。あっけないほど短い話し合いでしたよ」

そういって、お藤が苦笑いを浮かべた。

「伊東殿からは、特に何の話もなかったのか」

「何も。あたしから、旦那がやってきたら、あたしの泊まっている旅籠をつたえてほしい、と申し入れただけで引き上げてきたのさ」

「そうか。とくに話されなかったのか」

ちらり、と隼人は、風呂敷を敷物代わりに積み重ねられている、覚書が束ねられた冊子に目を走らせた。

（お藤に話さなくとも、おれに朝廷にかかわる覚書を預けて、一読してもらえば、朝廷の有様《ありよう》はわかる、と伊東殿は考えたのだろう。これらの覚書の束は、あらかじめ準備しておいたに違いない。伊東殿、思ったより、役に立つお人かもしれぬ）

そう推断していた。

二

自分の部屋に荷物を置いたお藤が、隼人の部屋にもどってきて、突然、いいだした。

「所司代に出かけただけで、旦那か与八さんがやってくるのを待って、舞鶴屋から一歩も外へ出ていない。すっかり躰《からだ》がなまってしまった。足慣らしに与八さんを迎えに行くよ。水戸藩京屋敷がどこにあるか教えておくれ」

道筋を教えようと、京の絵図《えず》をとりだして広げた隼人に、

「都絵図ならあたしも持っているよ。舞鶴屋に宿をとった日に、男衆に売っている店を教えてもらって、買ったんだ。出るときに、部屋に寄って、道に迷ったと

きのために絵図を持っていく。まず、道筋を教えておくれ」

と身を乗り出した。

隼人が、絵図を指でたどって水戸藩京屋敷への道筋を教える。

教えてもらった道筋を、自分の指でたどったお藤が、

「とりあえず、いってみるよ」

と立ち上がった。

お藤が部屋から出て行った後、隼人は積み重ねられた覚書を手にとった。

〈人物関係編〉

と表書された冊子を抜き出し、読み始める。

なかみは、帝をめぐる公家衆のかかわり、勢力争いや敵対する公家衆の関係を書き記したものだった。

隼人にとって、探索の手がかりになりそうな事柄が、ふんだんにちりばめられていた。

朝廷側の、幕府と交渉する役目、武家伝奏《ぶけでんそう》には柳原光綱《やなぎはらみつつな》、その補助役の議奏《ぎそう》には今出川時名《いまでがわときな》が任じられていた。

朝廷の重臣ともいうべき摂関家は関白一条実朝《いちじょうさねとも》、久我敏道《くがとしみち》など三大臣で組織

されていた。尊皇を唱える急先鋒は帝の近習番衆十四人の頭、錦小路篤胤《にしきこうじあつたね》、錦小路の腹心高原永秀《たかはらながひで》と記されていた。

隼人は矢立《やたて》と懐紙をとりだした。矢立から筆を抜き取って、覚書に記されていた朝廷の人間関係を懐紙に書き取る。

墨が乾くまで待って、四つ折りにし、懐に押し込んだ。

朝廷内の人間関係を知る。それだけが探索に必要な事柄だった。

人物関係編と表書きされた覚書を閉じ、風呂敷の上に置かれた覚書の山にもどした。風呂敷を結ぶ。

隼人は、ごろり、と横になった。今後の探索の手立てを考えている。

問題は公家町での探索だった。小袖を着流し、月代《さかやき》をのばした、浪人としか見えない隼人が、用もないのに公家町を歩き回る。公家と公家に仕える青侍《あおざむらい》、賭場などに出入りしたり、香道、書道などの免状取得のために通ってくる町人たちが歩き回るのと違って、浪人がうろつく理由がなかった。

思案を重ねた結果、隼人は、公家町の探索は与八とお藤にまかせるしかない、と腹をくくった。隼人自身は、水戸藩士の動きを探ると決めた。

隼人が、とりあえずやるべきことを考えついたのを見計らったように、与八とお藤がもどってきた。

向き合うように、隼人の斜め左右にふたりが座るなり、与八が口を開いた。

「今日のところは、川崎宿で見かけた水戸藩士たちが、京屋敷に出入りしている様子はありません」

「もしかしたら、京屋敷にはいないのかもしれぬな」

「それは、どういうことなんで」

訝《いぶか》しげな顔つきで、与八が訊いてきた。

「連中は、朝廷の不満分子と接触するために京へ上ってきたのだ。尊皇倒幕を企んでいる、といっても過言ではない連中だ。万が一、事が露見したときは藩に迷惑がかかる、と考え、活動の拠点を別の場所にしたのかもしれぬ」

与八とお藤が顔を見合わせた。ふたりの目が、

「あり得ること」

と語り合っている。

ふたりに視線を流して、隼人が告げた。

「そろそろ晩飯の刻限だ。飯を食う前に、明日からの探索の段取りを決めておこ

う」

「どう動けばいいんで」

「あたしは何を」

ほとんど同時に与八とお藤が声を上げ、身を乗り出した。

三

翌日、隼人は三条大橋近くの、旅籠《はたご》の建ちならぶ通りにいた。

昨夜、お藤と与八には公家町にある、尊皇強硬派の近習番頭・錦小路篤胤、腹心の近習・高原永秀の屋敷を張り込むように指図していた。

与八もお藤も、青侍に不審がられ、咎められたら、

「賭場に遊びにきたんだ。おもしろそうなところを知らないか」

と問いかけ、煙に巻いて、あわよくば賭場に案内させる、と打ち合わせてもいた。

賭場には、さまざまな身分の連中が出入りする。賭場の客のなかには、錦小路家や高原家にかかわりのある者もいるだろう。それらの客たちに聞き込みをかけ

れば、ただ屋敷を張り込むより、はるかに多くの、手がかりをつかむことができる。

朝から歩きまわっているが、昼すぎだというのに、隼人は水戸藩士どころか、ひとりの武士とも行き会わなかった。

川崎宿では、見届けた水戸藩士と思われる武士たちのほとんどが、三人一組で行動していた。

(京にきても、水戸藩士たちがひとりで動くことはあるまい。尊皇の思想に毒され、あわよくば幕府を倒し、帝中心の世をつくろう、と企んでいる連中だ。つねに警戒を怠らぬはず。何か起きたときに備えて、必ず連れ立っているに違いない)

隼人は、そう考えていた。

鴨川の土手に座って、茨木屋に頼んで、昼飯としてつくってもらった握り飯を頬張りながら、隼人は、

(ただ通りを歩きまわっているだけでは、埒《らち》があかない。何かよい手立てはないか)

と、思案しつづけた。

やがて、ひとつの結論を得た。

虱潰《しらみつぶ》しに旅籠を訪ね、

「三人以上で泊まっている武士たちはいないか」

と、問いかけていく、というやり方だった。

（何軒かの旅籠に、訊いてまわれば、いずれ武士たちの耳に入るだろう。誰が、何のためにそんなことをやっているのか、気になるはず。見張るなり、直接会いにくるなり、それなりのことを仕掛けてくるはずだ）

我が身を囮《おとり》にしての苦肉の策だったが、いまはその手立てしか思いつかなかった。

昼飯を食べ終えた隼人は、さっそく行動を起こした。

最初に訪ねたのは、舞鶴屋だった。お藤を訪ねたときに、応対してくれた女中をつかまえて、問いかけた。

「今度は、知り合いの武士たちが泊まっている旅籠を探しているんだ。三人で、しばらくの間、京にいる、と聞いている。ここにはいないか」

「そんなお客さんはいらっしゃいません」

応じた女中に、

「ほかの旅籠に泊まっているという噂は、聞いていないか」

さりげなく女中に小銭を握らせて、問いを重ねた。

掌《てのひら》のなかの小銭を、ちらり、と見やった女中が無意識のうちにつぶやいた。

「豆板銀」

途端に、愛想笑いを浮かべた女中が、

「あたしは知らないけど、番頭さんに訊いてきますね。番頭さん、顔が広いから」

そう言って、小走りで帳場へ向かった。

ほどなくして、もどってきた女中が、申し訳なさそうにいった。

「番頭さんは、少なくとも両隣も含めて、左右十軒の旅籠には、三人以上連れだったお武家さんは泊まっていない、といっていました」

「そうか。手間をとらせたな」

笑みをたたえて、隼人が応じた。

聞き込みで、舞鶴屋の左右十軒の旅籠には、武士たちが泊まっていないことがわかった。

舞鶴屋を出た隼人は、それ以外の旅籠を軒並みあたって、聞き込みをかけたが、武士たちが泊まっている様子はなかった。

二十軒余の旅籠に聞き込みをかけた隼人は、少なくとも三条大橋近くの旅籠には水戸藩士たちは泊まっていないのではないか、と推断していた。

（目立たぬように、ほぼ三人一組に分かれて京に集まった水戸藩士たちだが、京でもばらばらで行動しているとはかぎらない。むしろ、一カ所に集まって動いていると考えるべきだろう。水戸藩京屋敷以外に、群れをなして泊まっても、人目につきにくい、人の口の端《は》にのぼらない場所が、この京にあるとでもいうのか。そこはどこだ）

旅籠の建ちならぶ通りに立ち止まった隼人は、深いため息をついて、首を傾げた。

四

暮六つ（午後六時）を告げる時の鐘が、風に乗って聞こえてきた。

通りをぶらつきながら、どこぞへ出かけて帰ってきた、泊まり客のほとんどが、宿に入っていくのを見届けて、隼人は踵《きびす》を返した。

茨木屋へ向かいながら、隼人は、

（明日は島原《しまばら》を探索してみよう）

と決めていた。宿へもどってくる旅人たちのなかに、武士がひとりもいないことが、隼人に三条大橋近くの旅籠の捜索に、見切りをつけさせた。

偶然にも茨木屋の前で、隼人は張り込みから帰ってきた、お藤や与八と出くわした。

一緒に部屋へ入る。

飯を食べた後、風呂に入ることにした三人は、女中が晩飯を運んでくるまでの間に探索の結果を報告しあった。

まず、お藤が口を開いた。

「新在家御門の前で与八さんと別れて、あたしは高原さまの屋敷を探したんだ。やっと見つけて、あたりをぶらついたんだけど、一つところに潜んで張り込むのは難しいね。人の往来が少ないし」

と首をひねった。

与八も似たようなものだった。ただ与八は、錦小路卿の屋敷を見つけ出した後、周りの様子を探ろうとぶらついているうちに、公家の屋敷に出入りしている小商人のように装ってはいるが、仕切っている賭場に出かける様子の、躰全体からにじみ出ている雰囲気から、みる者がみたら、すぐにやくざ者だとわかる男に声をかけていた。

「その野郎が抱えている風呂敷包みの形が、金箱《かねばこ》そのものなんで『江戸から京に遊びにきたんだ。公家町に、楽しく遊ばせてくれそうな賭場があると聞いたんで、やってきた。おまえさん、知らないかい』と話しかけたら、野郎、にんまりして『わいもそこへ行くところや、案内しまっせ』という話になって」

「ついて行ったのか」

にやり、として与八が応じた。

「もちろん、行きやした。岩倉《いわくら》という名の、家禄百五十石の貧乏なお公家さんの屋敷の離れを借りて、賭場を開いておりやした。ありがたいことに、この賭場、錦小路家の屋敷の近くでして」

「公家町には、そんな賭場が何カ所かあるはずだ。高原家の屋敷の近くにもあるかもしれぬな」

「明日にでも、賭場に顔を出して、そこらへんのことを聞き込んでまいります」

わきからお藤が口をはさんだ。

「あたしも、高原さまの屋敷近くに賭場があるかどうか、聞き込みをかけてみるよ。何せ江戸とはことばが違う。話しかけたら江戸者だと、すぐにわかってしまう。京に遊びにきた江戸者で、通すしかないからね。場所を移しながら張り込みをつづけるのも、なかなか難しい。時々、賭場に出入りしていれば、博奕《ばくち》好きの女が気分を変えるために、外へ出ている風にみせかけられる。やってみるよ」

「そうしてくれ」

応じた隼人が、ふたりを見やって告げた。

「おれは、明日から島原遊郭を調べてみる」

「島原遊郭ですって。また何で、そんなところへ」

「そうだよ。遊びたくなったのかい」

呆れたように、相次いで与八とお藤が声を上げた。

苦笑いして、隼人が告げた。

「三条大橋近くの旅籠町を歩きまわったが、三人以上の武士が連れだって泊まっている旅籠は見当たらなかったんだ。それどころか、どこぞの藩士と思われる、主持ちらしい武士の姿も見かけなかった。ほとんどが町人でな」

横から与八が声を上げた。

「そういやあ、川崎宿で見かけた水戸藩士と思われる連中は、みんな、きちんとした身なりをしてましたね」

「旦那が、島原に水戸藩士たちが潜んでいるかもしれない、と思ったわけを話しておくれよ。それなりの理由があるんだろう」

訊いてきたお藤に、隼人が応じた。

「島原遊郭にかぎらず、人の集まるところは、身を潜めるには、もってこいの場所だ、と思ったのだ」

拳《こぶし》で掌を軽く叩いて、与八がいった。

「たしかにそうだ。金さえちゃんと払ってくれれば、大勢の客がくるのは茶屋にとっては、ありがたい話だ。島原のなかで騒ぎを起こさない限り、何の問題もない、大事なお客さまだ」

お藤もことばを添えた。

「それもそうだし、色里の旦那衆はもちろん男衆や女たちも、意外と口が堅いんだよ。色里のなかで何か揉め事が起こっても、よほどのことがないかぎり外へは漏らさない。あたしがお座敷に出ていたころの、深川はそうだったね。深川だけのことじゃない。色里と呼ばれるところは、おしなべて、そうじゃないのかね」

我が意を得たり、といわんばかりに隼人がいった。

「おれがいいたいことをふたりが話してくれた。島原の茶屋の一軒に、集団で居つづけても、何カ所かに分散して泊まり込んでも、まわりは京見物にきた景気のよいお侍たち、としか思わない。身を潜めるには格好の場所だと思いついたのだ」

「島原の、どこぞの茶屋に泊まり込んで、調べるんですかい」

「そのつもりだ」

「そこまでしなくとも、通いでいいんじゃないですか」

不服そうな響きが、お藤のことばに含まれていた。

与八が、ちらり、と困ったような目線をお藤に走らせた。すぐに視線を隼人に移す。

気づかぬ風を装って、隼人がいった。

「そのときの成り行き次第だ。いまのところ、茨木屋から島原へ通いつづけるつもりでいる」

和らいだ顔つきで、お藤がうなずいた。

与八は目をそらし、首を傾げている。

五

翌日、島原遊郭にやってきた隼人は、その華やかさと広さに圧倒されて、島原大門《おおもん》をくぐったところで、立ち尽くしていた。どの道筋を選ぶか、途方に暮れている。

江戸の吉原《よしわら》遊郭、大坂の新町《しんまち》遊郭とともに、幕府公認の我が国三大遊郭のひとつといわれる島原遊郭は、周囲を塀と堀に囲まれていた。島原大門は、島原遊郭の東北角に建っている。

とりあえず隼人は島原遊郭のなかを歩きまわることにした。道筋《どうすじ》と呼ばれている、直線に延びた通りを歩いて行く。

ひとつめの辻の左手が上之町《かみのちょう》、右手が中之町《なかのちょう》で、それぞれ通りの両側に置屋や揚屋などの茶屋が連なっていた。

二つめの辻の左が太夫町《たゆうちょう》、右が中堂寺町《ちゅうどうじちょう》、三つめの辻の左手に揚屋町《あげやちょう》、右手に下之町《しものちょう》があった。

突き当たりまですすんだ隼人は、道なりに右へ折れた。行く手に、茶屋の屋根越しに、聳《そび》え立つ大銀杏《おおいちょう》が見えた。突き当たりを左へ曲がると島原西門がある。島原西門の右側には、島原の鎮守の神として信仰される、島原住吉《すみよし》神社が建立されていた。大銀杏は島原住吉神社の神木だった。

〈神仏は尊ぶが、神仏には頼らない〉

隼人の信条のひとつであった。側目付として、任務の途上、いつ果てるかわからない役目に就いている身である。そのことは、父・仙石武兵衛が身をもって、隼人に教えてくれた。

困難なことに出くわすたびに、隼人は、

〈父上だったら、この難事を、どう切り抜けるだろうか〉

と考える。そのたびに、

〈頼るは己のみ〉

との結論に達し、己の気力を奮い立たせるのだった。

ちらり、と島原住吉神社に目を向けた隼人は、きた道をもどっていった。島原大門から数えて三番目の辻の左右、二番目の辻の左右の通りをゆったりとした足取りで歩いていく。時折立ち止まっては、店構えなどを眺め、建屋を見比べた。

歩を運びながら、隼人は思案を重ねていた。

（おれが、水戸藩士だったら、どこに拠点を置くか）

最初の辻の左右を見終わったとき、隼人の思案がまとまった。

（外へ出やすい場所に拠点を置く）

というものだった。

ひとつめの辻の左右、上之町か中之町のどちらかにある揚屋に泊まり込む、と隼人は決断した。茨木屋のある三条大橋近くから島原遊郭まで、通いながら探索をすすめることも考えた。が、色里の住人はみょうに義理堅いところがある。通りすがりの者が聞き込みをかけても、まともに相手になってくれるとは思えなかった。

（聞き込みをかけるにしても、客として登楼し、女たちや男衆と馴染みにならないと、話を聞いてもらえぬ）

と考えた上でのことであった。

上之町通から中之町通へと、何度か行き来した隼人は、道筋と上之町通の交わる辻の手前の、島原大門を背にして左角にある大坂屋《おおさか》に上がることにした。

そこの二階の道筋に面したところに立てば、島原大門から入ってくる者と出ていく者を見下ろすことができる、と判じたからだった。

大坂屋に足を踏み入れた隼人は、出迎えのため近寄ってきた男衆に、声をかけた。

「数日泊まって遊びたい。見晴らしのいい、通りに面した座敷に案内してくれ。払いに関しての心配は無用だ」

懐から銭入れを取り出し開いて、なかに入れてある封印のついた小判を見せつけた。

途端に男衆の表情が緩んだ。

「お望みの座敷へ案内しまっせ。お上がりやす」

満面に愛想笑いを浮かべて、男衆が応じた。

晩飯の刻限になっても、隼人は茨木屋にもどってこなかった。

晩飯を食べ終えたお藤が、そのまま残っている、隼人の晩飯が盛られた膳に箸をのばそうとした与八に、突《つ》っ慳貪《けんどん》にいった。

「何をしているのさ。腹をすかして、旦那がもどってきたらどうするのさ。晩ご飯を食いっぱぐれるじゃないか」

箸を止めて、与八が応じた。

「この刻限だ。旦那は、当分帰ってこないよ。色里の聞き込みだ。馴染みにならなきゃ、まともに相手にしてもらえねえことぐらい、おまえさんも知ってるじゃねえか」

一瞬、黙り込んだお藤が、独り言のようにつぶやいた。

「島原には、綺麗な人がいるんだろうね。東男に京女というけど、旦那、骨抜きにされなきゃいいけど」

「焼き餅をやいているのかい」

揶揄《やゆ》する口調で、与八が応じた。

「そんな、焼き餅だなんて。心配しているだけさ」

口を尖らせて、与八を睨みつけたお藤をのぞき込んだ与八が、

「旦那のことだ。役目を果たすことしか考えてねえよ、とこたえてやろうと思ったのに、可愛くねえなあ」

からかい気味に笑みを浮かべた。そんな与八に、

「ぶつよ」

と、お藤が手を上げた。

「何だよ。怖い顔して」

わざとらしく、大仰に与八が首をすくめる。

ぷい、と横を向いて、お藤が黙り込んだ。

背中を向けあって、ふたりは身動きひとつしない。

第五章　凶兆の鳴動

一

大坂屋の男衆が自ら案内してくれた座敷は、隼人の望み通りの座敷だった。

「敵娼《あいかた》はどないします」

訊いてきた男衆に、懐から取り出した銭入れから豆板銀を抜き出し、男衆にさしだして、隼人がいった。

「話好きで、気さくな女をひとりみつくろってくれ。万事よろしく頼む」

「お気遣いしてもろて。ほんまにありがとさん」

指で豆板銀をつまみとって、掌《てのひら》に包み込んだ。

さらにもう一枚、豆板銀を銭入れから抜き出した隼人が、豆板銀を握った男衆の手の甲に押し当てた。

「三味線を一棹《さお》、貸してくれ。一杯やりながら弾《ひ》くと、酒がさらにうまくなる。よければ、おまえさん、おれの酒の相手をしてくれ。島原のおもしろい噂話など聞きたい。女たちより物知りだと思うのでな」

「留吉《とめきち》といいやす。重ねてのお心付け、嬉しゅういただきやす」

拳に押し当てられた豆板銀を、別の手でつかみとった留吉が、掌に押しこんで懐に入れた。


江戸吉原の遊女の最高位は花魁《おいらん》、島原では遊女の最高位は太夫《たゆう》であった。松の位《くらい》とも呼ばれた太夫は、三百人余りいる格付けされた遊女のうち、十数人しかいなかった。太夫に次ぐ遊女の位は、天神《てんじん》で六十人前後いた。三番目は鹿恋《かこい》で、その数は天神とほぼ同数存在した。その下が端女郎《はしじょろう》で二百人前後と、格付け遊女のなかで、最も多かった。

島原では位のことを格、ともいった。太夫と天神、鹿恋、端女郎までが格付け遊女で、格のついていない三味線弾きや端女郎よりも廉価な女郎たちもいた。これらの女郎まで含めると、島原には千八百人ほど女たちがいた。

留吉が隼人にあてがったのは、お甲《こう》という源氏名の端女郎だった。丸顔で小太り、美形ではないが、野の花のような素朴で愛嬌《あいきょう》のある女だった。

運ばれてきた酒を呑み、肴をつまみながら隼人は、三味線を弾いた。

「三味線を弾かはるお侍はんは、初めてどす。なかなかお上手どすな」

などといいながら、お甲は楽しげに聞き入ってくれた。

店主の許しをもらったのか、留吉もやってきて、隼人の弾く三味線を聞きながらの、ささやかな酒宴が始まった。

慣れてきたのか、留吉は次第に軽口を叩くようになった、留吉やお甲に話を合わせながら、隼人は場違いなおもいを抱き始めていた。

父・武兵衛がなぜ、三味線を習い覚え、足繁く遊里に通っていたのか、何のためにやっていたのか、わかってきたような気がしていた。

任務で出向いた地で、情報を集めるには、その土地の遊里へ通って、通った先で馴染みになった男衆なり女たちから、噂話を聞き込むのが、最も早く情報が手に入る方法だった。

そのことは、任務で探索に赴《おもむ》いた地で、隼人は何度も経験している。

（遊里通いをする父上のことを、おれは心中で、実に軟弱極まる。武士として恥ずべき行為）

と決めつけ、父をどこかで侮蔑《ぶべつ》していた。

が、任務の途上殺された父の跡をつぎ、側目付の任に就いてから、父にたいする見方が、がらりと変わった。

（父上の遊所通いは、側目付として、騒ぎの種を見つけ出すための聞き込みだったのだ。父上は、真夜中過ぎに帰ってきても、おれとの早朝の、剣の稽古は欠かさなかった）

いまでは探索に行き詰まるたびに、

「父上だったら、どう対処するだろう」

とおのれに問いかけている。

（もっと父上と触れ合うべきだった）

とのおもいが強い。


酒宴を始めて、半刻（一時間）ほど過ぎた頃、隼人は厠《かわや》へ行くついでに、通りに面した廊下へ出た。

辻寄りに立ち、通りを見下ろす。

島原大門から、ひとつめの辻の四方まで見下ろせた。

（出入りする者たちを見張るには十分な場所。酔いを覚ましてくる、と理由をつけて座敷から出てくれば、しばらくの間、ここに立っていても、何をやっているのだろう、と疑われることはないだろう）

そんなことを考えながら、通りを見つめている。

と、歩み寄る足音がした。

振り返ると、留吉が近寄ってくる。

「旦那、厠へ案内しましょうか」

「場所はわかる。つい、往来する人たちを見ていた。江戸の遊び場と、どこか違う」

そばに来て、留吉が通りを見下ろして、いった。

「島原には青物屋や魚屋、小間物屋もありまっせ。日々の暮らしに必要な品を売っている店はそろってます。四方を堀に囲まれた、浮世から隔離された、小さな国みたいなものでんな」

「おもしろそうだな。島原のなかを歩いてみたい。案内してくれるか」

「お安い御用で。置屋から揚屋まで太夫が移動する、太夫行列がそろそろ始まります。ご覧になりますか」

「もちろんだ。出かけよう」

「厠はいかなくてええんですか」

「出がけでいい。いったん部屋へもどるか。何かと支度がある」

「そうしますか」

応じた留吉が、踵《きびす》を返した隼人につづいた。

置屋は太夫や天神などの芸妓を抱えている店で、揚屋は、芸妓を抱えていない、たんなる料理茶屋であった。揚屋は、客たちの望む芸妓たちを置屋から呼んで、酒宴を開いた。置屋から揚屋へ向かう太夫たちの様子は、太夫行列と呼ばれ、その華やかさと豪華さが島原の売り物のひとつになっていた。

太夫町から、中堂寺町へ向かってすすんでいく太夫行列は、評判どおりのものだった。島原に遊びにきた男たちが、男衆をしたがえ、禿《かむろ》や天神たちを引き連れて歩いていく太夫の艶《あで》やかな姿を見ようと、道の両側に群がっている。

が、隼人は太夫行列を見ていなかった。見物している男たちに視線を走らせている。

野次馬たちのなかに、数人ひとかたまりになって、太夫行列を眺めている武士がいた。笑みを浮かべて、ことばを交わしている。月代《さかやき》をととのえていた。様子からみて、気心の知れた仲間のように思われた。

「旦那、太夫は遠くに行きましたで。座敷にもどりまへんか」

声をかけてきた留吉に、隼人が応じた。

「そうだな」

応じて、隼人が足を踏み出した。

二

泊まり込んで三日目の朝、隼人は留吉に、

「楽しかった。居続けるつもりだったが、気が変わった。京の名所を見てまわりたい。勘定してくれ」

と告げ、払いを済ませて、大坂屋を後にした。

昨日、上之町の置屋から中之町の揚屋へ向かう太夫行列が、三度行われた。留吉から教えられ、その都度隼人は座敷を出て、行列を見に行った。

その際、隼人は、喧嘩は仕掛けなかったが、顔だけ川崎宿で見かけた水戸藩士と思われる武士ひとりを含む四人の姿を、見物している野次馬のなかに見いだした。跡をつけると四人は、嵐山楼《らんざんろう》という揚屋に入っていった。

いったん大坂屋にもどって、お甲相手に三味線を弾いたり、飲み食いした隼人は、

「気分を変えたい。外の空気を吸いにいく」

と理由をつけて、嵐山楼のまわりをぶらついた。

水戸藩士かどうかわからないが、武士たち数人が一組になって、出かけて行く姿と、入っていく姿を見かけた。

出入りした武士は、少なくとも十数人はいた。

（島原遊郭の揚屋に泊まり込んでいるのではないか、と推察してやってきたが、的を射ていたようだな。武士たちの出入りを見張るには、島原大門の近くで張り込むほうがいいだろう）

そう判じた上での、隼人の動きだった。

島原大門を出入りする者を見張ることができる場所は、あちこちにあった。堀の内側と外側には茶店がつらなっている。隼人は、島原大門から一軒目の茶店の、外に置かれた縁台から、ふたつめの縁台に腰をかけた。

島原大門の、向かって右脇に柳の木が立っている。柳の木が目隠しになって、隼人が座っているあたりは、大門から出てきた者には見にくい場所になっていた。

張り込み始めて半刻（一時間）ほど過ぎたころ、島原大門から、武士の一群が出てきた。

見やった隼人の目が、大きく見開かれた。

武士たちのなかに、川崎宿で喧嘩を売った、水戸藩士と思われる武士がいた。

茶店の前を通り過ぎていく。

水戸藩士たちが、つけるのにほどよい距離まで遠ざかったのを見届けて、懐から銭入れを取り出した。

「茶代を、ここに置くぞ。釣りはいらん」

一分を、縁台において、隼人が立ち上がった。

できうるかぎり、気配を消してつけていく。尾行するときの心得のひとつだった。

武士たちは隼人に気づいていなかった。後ろを振り向こうとする様子もない。隼人は、武士たちが、異常なほど、ぴりぴりしていることに気づいていた。

(尾行に気づかないのは、これから向かう先で起きることにたいする、期待と不安で、気分が高ぶっているからだろう。何をやろうとしているのか)

首を傾《かし》げた隼人は、あらためて武士たちに目を注いだ。


肩を怒らせた武士たちが、下立売《しもだちうり》御門を抜けて公家町に入って行く。少し行ったところで、武士たちは三人一組になって、三方に散っていった。どの組をつけるか、隼人は一瞬迷った。

が、次の瞬間、隼人は、川崎宿で喧嘩を売った武士がいる組をつける、と決めていた。


歩を運んでいく隼人の足が止まった。

武士たちが向かっていく先に、公家の屋敷の塀に寄り添うように立っている、お藤の姿があった。

隼人は、お藤の視線の先を探った。

とある公家の屋敷の表門が見えた。

（あの屋敷が、近習番衆のひとり、高原永秀の住まいか）

凝視した隼人の目が細められた。

水戸藩士の一行が、表門に設けられた潜《くぐ》り口の扉を押し開けて、入って行く。

何度か繰り返されているのだろう。慣れた動きだった。

高原永秀の屋敷に向かって歩いてくる隼人に気づいて、お藤が近寄ってくるそぶりをみせた。

お藤に顔を向けて、隼人が首をゆっくりと左右に振る。

その所作の意味を察したのか、お藤が足を止めた。

踵《きびす》を返し、もといた場所へもどっていく。

屋敷の前で立ち止まった隼人は、凝然と表門を見つめている。

三

先に茨木屋にもどっていた隼人に、帰ってきた与八が申し訳なさそうに口を開いた。

「どうやって張り込むか、場所探しに苦労しておりやす。岩倉さまのところにある賭場に出入りして、賭場に遊びにきている、遊び人のように見せかけていますが、賭場にいる間は張り込むことができません。その間に誰が出入りしているか、見落としてしまいます」

少し遅れて部屋に入ってきたお藤も、

「あたしも、時々、あちこち歩きまわったりして、張り込みをつづけています。一カ所にとどまっていると、公家町を見回っている青侍が、露骨に疑いの目を向けてくる。やりにくいったら、ありゃしない。与八さんと同じで、二六時中、張り込むことができないんですよ」

と、悔しげに眉をひそめた。

隼人が、お藤に問いかけた。

「高原の屋敷に入って行ったのは、水戸藩の藩士とおもわれる連中だ。三人のうちのひとりを、川崎宿で見かけている」

横から与八が声を上げた。

「ほんとですかい。旦那が喧嘩をふっかけた奴ですかい」

「違う。同行していた武士のひとりだ。顔を見たら、与八にもわかる」

「やっぱり京へ来てたんですね。高原とどんな話をしたんでしょうね」

「高原は、垂加神道の唱える尊皇思想を朝廷内に蔓延《まんえん》させ、幕府に代わって帝《みかど》に政権を握らせようと画策する強硬派、近習番頭・錦小路の腹心だ。水戸藩士と話し合う内容は決まっている。尊皇倒幕を実行に移すためにどう動くか。その一点に尽きる」

お藤が口をはさむ。

「水戸藩は御三家のひとつ。なぜ朝廷と手を組んで、幕府に逆らおうとするのか、あたしにはわからない」

うむ、とうなずいて、隼人が応じた。

「そのあたりのことは、おれにもわからぬ。人それぞれ、それなりの大義名分があって、やっていることだろう。何でそんなことをやっているか探ろうとしても、しょせん他人の思い。理解できるはずもない」

「その通りだね。馬鹿の考え、休むに似たり、というしね」

軽口を叩いて、お藤が微笑んだ。

笑みを返して、隼人が訊いた。

「ところで、高原の屋敷に入っていった水戸藩士たちは、いつ出てきた」

「あたしは七つ半まで見張っていたけど、ひとりも出てこなかったね」

「出てこなかったか。こみいった話をしていたのかもしれぬな」

独り言のようにつぶやいて、つづけた。

「いずれにしても、公家町の張り込み、いまのままつづけても、公家たちの動きは、なかなかつかめないだろう。どうしたものか」

首を傾げて、黙り込んだ。

口を開くのを待って、お藤と与八が隼人をじっと見つめている。

沈黙が流れた。

ふたりに視線を流して、隼人がいった。

「公家たちは迷信深いと聞いている。公家たちが動揺するような事件を起こせば、何らかの動きがあるかもしれない。ただ張り込んでいるより、公家たちの動きは見えやすくなるはずだ」

「よい知恵があるんですかい」

与八が問いかけ、お藤が身を乗り出した。

「ない」

こたえた隼人に、

「ないですって」

「そんな」

呆れた与八とお藤が、ほとんど同時に声を上げた。

「一風呂浴びながら、考える。晩飯の前に、風呂に行ってくる」

そういって、隼人が腰を浮かせた。

四

公家町の張り込みに向かうお藤と与八を送り出した後、隼人は部屋に残って、江戸で買い求めて持ってきた、京の名所旧跡を記した『京城勝覧《けいじょうしょうらん》』を、手に取った。『京城勝覧』は小型の書物で、懐に入れて持ち歩くことができる便利な代物だった。

昨夜、与八とお藤に、よい知恵は、

「ない」

と答えた隼人だったが、京に旅立つ前に読んだ『京城勝覧』のなかに、

〈その地が鳴動したら、大変事の予兆〉

と記された旧跡があることを、記憶していた。

隼人は、その旧跡がどこだったか調べるために、『京城勝覧』を開いたのだった。

頁を繰《く》っていく隼人の手が止まった。

鳴動して凶事を予告する場所、として紹介されていたのは〈将軍塚《しょうぐんづか》〉だった。

東山《ひがしやま》の稜線上、華頂山《かちょうざん》の山頂にある将軍塚は、桓武《かんむ》天皇が、

〈都を長久に続かせるための守護神〉

として、土で八尺の人形《ひとがた》をつくり、鉄の鎧兜《よろいかぶと》を着せ、鉄の弓矢を持たせて、西向きに立たせて、埋めたといわれている円墳《えんぷん》であった。

将軍塚は山頂にある、と記されていた。その記述が、隼人に突拍子もない策を思いつかせた。

〈山頂にある将軍塚の真下、華頂山の山腹に火薬玉を仕掛けて爆発させれば、地崩れが発生し、鳴動したように聞こえるはずだ。迷信深い、占い好きの公家衆のことだ。将軍塚が鳴動した。凶事の兆しだ、と浮き足立つに違いない。水戸藩士たちに、そのことを訴え、騒ぎ立てるだろう〉

胸中で、そうつぶやいた隼人は、

「火薬玉がいる。所司代に行って、談判するか。ついでに用済みになった覚書を返そう」

独り言《ひとりご》ちて、懐に『京城勝覧』を押し込んだ。

覚書をくるんだ風呂敷包みを、手に下げてやってきた隼人を一目見て、伊東は何事か、と不安そうな顔をして、接見の間に迎え入れた。

伊東と向かい合って座った隼人は、ふたりの間に、覚書をくるんだ風呂敷包みを置いた。

「覚書を返しにきた」

告げて、隼人が風呂敷包みを伊東に向けて押しやった。

風呂敷包みを手にとって持ち上げた伊東は、躰《からだ》をねじって、自分の脇に置いた。

向き直った伊東に、隼人が告げた。

「無理難題をきいていただく。火薬玉を三個、火縄を少々もらいたい。水戸藩士たちの拠点を突き止めた。悪しき企みは、すでに動き出している。時が惜しい。いますぐ欲しい」

訝《いぶか》しげな目つきで、伊東が訊いてきた。

「火薬玉をどこで使うつもりか、教えてもらいたい」

「壁に耳あり障子に目あり、と申す。策は秘密裏に迅速に実行してこそ、より多くの効果を生む」

「しかし、火薬玉は爆発させる場所によっては、多くの被害をもたらす武器。町中で使われては」

ことばを遮って、隼人がいい切った。

「これだけは約束いたす。公家町と町中で使う事は、万に一つもない」

安堵したのか、微笑んで伊東がこたえた。

「火薬玉を三個と火縄を少々、持ってきます。暫時《ざんじ》、待ってくだされ」

脇に置いた大刀を残したまま、風呂敷包みを持って、伊東が立ち上がった。


風呂敷包みを下げた隼人が、手にした『京城勝覧』を開いて、見つめている。

隼人は、木々の茂る、山道の三叉路《さんさろ》に立っていた。

『京城勝覧』を閉じ、右手を見やった。

「やっと長楽寺《ちょうらくじ》の境内を抜けたか。もう少し行くと将軍塚だ」

懐に小冊子を押し入れて、隼人が歩き出した。

隼人は華頂山山頂、将軍塚の前にいた。

京の町が一望できる風景に、隼人は見とれている。

（まさに絶景。さて、山腹のどこに火薬玉三個を仕掛ければ、将軍塚が鳴動したように聞こえるか、場所を決めねばなるまい）

胸中でつぶやいて、隼人が山腹に目を走らせた。


夕日が西空に沈み始めたころ、将軍塚のあたりで凄まじい轟音が響き、火柱と土砂が高々と舞い上がった。


突如聞こえた鳴動音に、三条通を歩いてきた与八が驚いて足を止めた。行き交う町人たちも、愕然として鳴動音が聞こえたほうを眺めている。

足を止めた町人たちのなかから、声が上がった。

「将軍塚が鳴動したで」

「凶事の前触れや」

「大変事が起きるで。戦《いくさ》や。戦が始まるで」

あちこちから、わめき声が上がった。

駆け寄ってきた足音に与八が振り向いた。

お藤だった。

そばにきて、お藤がいった。

「大騒ぎになりそうだよ。あたしらにとっちゃ、ありがたい話だけど」

「まさにお誂《あつら》え向きってやつだ」

応じた与八にお藤がいった。

「まさか、旦那が」

はっとして、与八がいった。

「そうに違いねえ」

「そうだよ、きっと」

こたえてお藤が、鳴動が聞こえた方に目を注いだ。

与八も、将軍塚のある方角を見据えている。

五

帰りの遅い隼人を心配したのか、お藤は与八と隼人たちの部屋で待っていた。

入ってきた隼人を見て、お藤が訊いた。

「旦那、足袋に泥や枯草がついているよ。山の中でも歩きまわったのかい」

「ご明察だ。将軍塚へ行ってきた」

にやり、とした隼人に、

「やっぱり」

「思ったとおりだったたね」

与八とお藤が、同時に声を上げ、顔を見合わせた。

二人と向き合うようにあぐらをかいた隼人が、渋面をつくっていった。

「おかげで晩飯を食いはぐれた。何か食い物はないか」

「あるよ」

応じてお藤が行燈《あんどん》のほうを目線で指し示した。

見やった隼人の顔がほころぶ。

行燈のそばに握り飯三個に香の物が載せられた丸盆が置かれていた。

お藤が、得意げにいった。

「宿の人に頼んで、旦那が食べなかった晩ご飯の菜で、握り飯を握ってもらったのさ。お腹を空かせて帰ってくるだろうと思って、やったことさ」

「気遣いしてくれて、嬉しいよ。実にありがたい」

行燈のそばまで膝行《しっこう》した隼人が、握り飯を手にとった。

大きく口を開けて、頬張る。

猛烈な勢いで握り飯を食べつづける隼人を、お藤が笑みをたたえて眺めている。

そんなふたりを、苦笑いを浮かべて眺めている与八が、

(お藤も、自分の気持ちを素直にぶつけりゃいいのに。そうすりゃあ、旦那も優しいことばのひとつも、かけやすくなるのにな。損な性分だぜ。傍目《はため》からみても、こころの奥底では惹《ひ》かれ合ってるふたりなのに、焦《じ》れったいねえ)

そう胸中でつぶやいていた。

翌朝、屋敷にやってきた水戸藩士三人の顔を見るなり、式台まで出てきた高原が苛立った様子でまくしたてた。

「将軍塚が鳴動した。鳴動は、変事が起きるときの兆しだと、言い伝えられている。我々の企てが幕府に察知されたのではないのか。そうは思わぬか」

じっと高原を見据えて、頭格が告げた。

「ここは式台の前、我々の企てなどと、そんな大声で口走られたら、屋敷の外に聞こえますぞ。公儀の隠密が屋敷の近くに潜んでいるかもしれませぬ。事の成就まで、用心に用心を重ねるべきかと」

「すまぬ。取り乱してしもうた。歴史を振り返っても、将軍塚が鳴動したときには源平の戦などがはじまるなど、戦や天災が起こっている。たんなる迷信とは思えぬのだ。心配でならぬ」

目を伏せ、弱々しい口調で高原が応じた。

「話は、いつもの座敷で聞かせていただきましょう。上がらせてもらいます」

草履を脱いだ頭格が、高原を押しのけるようにして、式台に足をかけた。

座敷で、上座にある高原の前に、水戸藩士たちが控えている。

将軍塚にかかわる言い伝えなどを、高原が話し終えた後、頭格が応じた。

「藩より京の都へ差し遣わされた水戸藩士の束ね役として、不肖飯島郡兵衛《いいじまぐんべえ》、遠慮なく存念を申し上げる」

「申してみよ」

応じた高原を見据えて、飯島が告げた。

「此度《こたび》の将軍塚の鳴動。何者かが爆薬などを使って、華頂山の山腹を爆破して起こしたことだと思います。ついては高原卿にたしかめていただきたいことがあります」

「何をたしかめればいいのだ」

「武家伝奏を所司代に行かせて、将軍塚鳴動の件で、所司代が動いているかどうか、たしかめてもらいたいのです」

「なにゆえ、たしかめたいのだ」

「所司代においても、将軍塚の鳴動についての言い伝えは、存じているはず。何の調べもしていないとなると、所司代は、此度の鳴動騒ぎを、あらかじめ知っていた、と推断できます。知っていたとすれば、差し向けられた公儀隠密と所司代の間で話し合いが行われていた、と判ずるべきでしょう」

「わかった。直ちに武家伝奏に会いに行き、所司代の様子を探らせよう」

「何卒よしなにお願い申す」

畳に両手をついて、飯島が深々と頭を下げた。

第六章　揺らぐ錦旗《きんき》

一

お藤は朝から大忙しだった。

昨日、やってきた三人の水戸藩士が、朝方、再び顔を出した。

小半刻（三十分）ほどして、青侍《あおざむらい》ひとりを連れた、高原と思われる公家が出てきた。張り込みをつづけているうちに、お藤は、青侍を従えて朝廷へ出向く三十代半ばの男を、何度も見かけていた。いまではお藤は、

（あの男は、おそらく近習番の高原卿）

と推断していた。

高原らしい男は、公家町のなかの、とある屋敷に入っていった。

小半刻足らずで、その屋敷から出てきた高原とおぼしき男は、自分の屋敷へ帰

り、ほどなくして、従者の青侍、水戸藩士たちとともに出てきた。

五人は、今度は別の屋敷へ向かって歩いていく。つけていったお藤は、高原卿らしい男と水戸藩士たちが入っていった屋敷の周囲を見回した。

驚いて、大きく目を見開く。

与八が、近くの屋敷の塀に貼り付くようにして、立っていた。食い入るように屋敷を見詰めている。

(張り込んでいる相手は近習番頭の錦小路卿。ということは、あの屋敷は錦小路卿の住まい)

あらためて、お藤が錦小路の屋敷に目を注いだ。

次の瞬間、お藤は視線を感じて振り向いた。

驚愕したのか、呆然とした様子で、与八がお藤を見つめている。

顎をしゃくった。

その所作が、きてくれ、という意味だと察したお藤は、周囲に視線を走らせた。

往来する人たちに見られていないことをたしかめたお藤は、のんびりした足取りで与八に近づいていく。

そばにきたお藤に、与八が小声で話しかける。

「つけてきたのは高原卿と、水戸藩士か」

無言で、お藤がうなずく。

「知らんぷりをして行き過ぎてくれ。別々につけよう」

再び、お藤が無言でうなずいた。

そのまま、歩き去っていく。知り合いを見かけて近づいて、一瞬立ち止まったが、人違いだとわかって歩き去った。誰が見てもそうおもう、お藤の動きだった。


半刻（一時間）後、与八とお藤は二手に分かれて、公家の通用門である禁裏御所の宣秋門《ぎしゅうもん》を見張ることができる場所に身を潜めていた。

ふたりは、錦小路の屋敷から出てきた、それぞれ青侍ひとりを従えた錦小路卿や高原卿とおもわれるふたりの公家と、水戸藩士三人をつけてきたのだった。


禁裏御所の帝《みかど》の執務の間で、上座にある中御門《なかみかど》天皇、斜め脇に関白・一条実朝ら摂関家の三人、向かい合って錦小路、その斜め後方に高原、さらに後方に飯島と水戸藩士ふたりが控えている。

中御門天皇に直談判《じかだんぱん》できるよう、計らってもらいたい、と申し入れてきた飯島

たちを、仲立ちして面会させた錦小路が、

「垂加神道の説く尊皇思想を実現するために、水戸藩の力を借りて、行動に移すべき時機が到来しました。帝、立ち上がってくださいませ」

と帝に申し上げ、高原が、

「われら近習番衆、我が命を投げ打って一致団結し、帝をお守りいたします。なにとぞご決断くださいませ」

と、熱く迫った。

何度も繰り返されている光景であった。

いままでは、

「その話、聞きとうない。朕《ちん》には無縁の話じゃ」

と取り合わなかった中御門天皇だったが、水戸から水戸藩士が参内《さんだい》し、同座したことにこころを動かされたのか、今日はいつもと違っていた。

「朕も、今一度、垂加神道の講義を受けてみるか。以前学んだときには知り得なかった教えの神髄を解することができるかもしれぬ」

といいだした。

「垂加神道の講義、明日にも受講できるよう手配いたします」

身を乗り出すようにして、錦小路が声を高めた。

中御門天皇が声をかけようとした瞬間、わきから一条実朝が声を上げた。

「その儀、御一考くださりませ」

顔を向けて、中御門天皇が問いかける。

「なぜだ。垂加神道の講義を受けること、なにゆえ留め立てする」

「紀州藩の藩主である吉宗公が、御三家筆頭ともいうべき尾張藩をさておいて八代将軍に就かれた今は、武家伝奏の柳原を通じて、幕府とさらに親密になるよう務めるべきとき。さらに、昨日、将軍塚が鳴動しました。将軍塚の鳴動は凶事の予兆。新たな動きは慎むべきかと」

「そうだった。将軍塚の鳴動音、朕も聞いた」

こたえて、中御門天皇が黙り込んだ。

その場に重苦しい静寂が訪れた。

ややあって、中御門天皇が口を開いた。

「一条のいうとおりにしよう」

目を錦小路に向けて、中御門天皇が告げた。

「垂加神道の講義の手配は無用じゃ。疲れた。朕は休みたい」

いうなり、立ち上がった。

はっ、と一条や錦小路たちか。深々と頭をさげる。

錦小路たちにならって、水戸藩士たちも叩頭《こうとう》する。

ただひとり、飯島郡兵衛は、目の端で執務の間から出て行く中御門天皇の姿を追っていた。

そばに控えていた近習番が、襖を開ける。

中御門天皇が出て行き、襖が閉められた。

その瞬間、畳についていた飯島の掌《てのひら》が、強く握りしめられた。

拳が、小刻みに震えている。

二

屋敷に帰ってきた一条実朝を、嫡男《ちゃくなん》の君麿《きみまろ》が迎え入れた。眉をひそめて問いかける。

「近習番番頭の錦小路さまが、政《まつりごと》を朝廷に取り戻そうと躍起になっておられる、と聞きました。新たな策を巡らせておられるとか」

「沙織殿から聞いたのか」

「そうですか」

「錦小路の動静を知らせてくれるのはありがたいが、そのことが、万が一、近習番たちに知られれば、たとえ錦小路の娘御とはいえ、沙織殿の身が危うくなるのではないか」

「そうかもしれません。が、私も沙織さんも、いまのまま、幕府と争うことなくやっていくほうが、平和な世がつづく、と考えています。そのために、できるかぎりのことはやろう、と話し合っています」

うなずいて、実朝が告げた。

「沙織殿に、くれぐれも身辺に気をつけるようつたえてくれ」

「つたえます」

かたい表情で、君麿がこたえた。

三

翌朝、隼人は京都所司代に出向いた。

昨夜、茨木屋にもどってきた与八とお藤から、水戸藩士たちが錦小路や高原とおぼしき公家とともに禁裏御所に入っていった。一刻（四時間）ほどして、出てきたが、ふたりの公家も、水戸藩士たちも、みょうに気色《けしき》ばんだ様子だった。錦小路卿の屋敷にもどった一行は、夕七つ半（午後五時）まで出てこなかった、と報告を受けている。

隼人は、

（水戸藩士たちはともかく、公家町に屋敷のある高原が錦小路の屋敷から出てこなかったことは、いままでと違う状況に変わりつつあるとみるべきだ）

そう感じていた。

接見の間に隼人を招じ入れた伊東は、向かい合って座るなり、口を開いた。

「昨日、前触れもなく武家伝奏の柳原卿がおいでになった。『将軍塚が鳴動した。所司代においては、なぜ鳴動したか、調べておられるのか』と問われたという。応対した与力が『天変地異ともいうべきもの。調べておりませぬ』とこたえると『不吉の前兆といいつたえのあること。原因を突き止めてもらいたい』などと不満げな様子で引き上げられたそうだ」

隼人が問うた。

「これまで柳原卿が、前触れもなく所司代にこられたことがあるのか」

「ない。応対した与力が『何やら、探りにこられたような気がする』といっていた」

「将軍塚が鳴動したことで、公家たちはかなり動揺している。そう判じても、いいようだな」

「私も、そうおもう。仙石殿の策、狙いどおりの成果を上げたとみるべきでしょう」

うむ、とうなずき、隼人が再度、問いかけた。

「ところで、近々の朝廷内での勢力争いの有様《ありよう》と、帝を取り巻く状況など、教えてもらえぬか」

「一条卿を中心とする摂関家と、近習番十四人の、帝を思うがままに操ろうとする争いが激化している、と聞いているが」

「実は、昨日、水戸藩士三名が錦小路卿や高原卿とともに参内したのだ」

「水戸藩士たちが、参内したというのか。帝と面談したかもしれぬな」

驚愕したのか、伊東が声を高めた。

「そこまでは、わからぬ。お藤たちは、錦小路卿たちをつけて、内裏《だいり》に入っていくのを見届けただけだ」

口調を変えて、隼人がことばを重ねた。

「もう一度、将軍塚の鳴動を仕組む。火薬玉三個と火縄を一巻き、すぐ持ち帰りたい。用意してくれ。水戸藩士たちが参内した。事態がどう転ぶかわからぬ。時はかけられぬ」

「承知した。すべて取り揃える。暫時、待ってもらいたい」

告げて伊東が、立ち上がった。


将軍塚の下方、華頂山の山腹の三カ所が轟音とともに爆発する。火柱とともに土塊《つちくれ》が弾け飛び、流れ落ちた。

将軍塚近くの立木の根元に、隼人は身を伏せている。

爆破を見届けて、隼人が立ち上がった。

入り乱れた足音がした。

振り返った隼人の目が、抜刀して駆け寄る、六人の武士の姿を捉えた。

(おそらく水戸藩士。張り込んでいたのか)

大刀を抜いた隼人が、武士たちに向かって、一気に突進する。
予想だにしなかった隼人の動きに、度肝を抜かれたのか、武士たちの足が止まった。
一跳びした隼人が、先頭の武士に上段からの、脳天唐竹《からたけ》割りの一撃をくれた。
頭頂から血を噴き上げ、武士が崩れ落ちる。
残る五人が、半円を描いて隼人と睨み合った。
と、武士のひとりがわめいた。
「貴様は、川崎宿で喧嘩を売ってきた浪人」
声のほうに、隼人が目を走らせる。
視線の先に、見覚えのある武士がいた。
わずかに生じた隼人の隙に乗じて、左右から武士たちが斬りかかる。
身を沈めた隼人は、半円を描くように、大刀を振るった。
ともに、膝の下を断ち斬られた左右の武士たちが、横倒しに倒れる。
残る三人に、隼人が斬りかかった。
迅速なその動きについていけず、棒立ちになった武士の胸元に、隼人が突きを入れた。

蹴り飛ばすようにして、武士から大刀を引き抜いた隼人は、さらにふたりに斬りかかる。

渾身の力をこめて叩きつけた、隼人の刀を受け止めた武士の刀が折れた。その武士の肩の付け根に、隼人の刃が食い込む。

ひとりになった武士は、かなわぬ相手と悟ったか、背中を向けるや、脱兎の如く走り去った。みるみるうちに遠ざかる。

隼人は、あえて追わなかった。

転がる骸《むくろ》や、膝の下を断たれて激痛にのたうつふたりの武士に一瞥《いちべつ》をくれ、隼人は鍔《つば》音高く、大刀を鞘《さや》におさめた。


島原の嵐山楼に逃げ帰った武士は、座敷に飛び込んでいった。

飯島を中心に車座になって、話し合っていた武士たちが一斉に振り向く。

「どうした、田中」

呼びかけた飯島に、車座のそばにへたり込んで、田中がこたえた。

「みんな、斬られました」

「何だと。高原卿から『武家伝奏役の柳原卿が所司代に出向いて問うたところ、所司代には何の動きもなかったと報告があった』と聞いた。敵はもう一度、将軍塚を鳴動させるかもしれない、とおもって張り込ませたが、こんなことが起きるとは。斬った浪人の手がかりはないのか」

「睨み合ったときに、鈴木がわめきました。『貴様は、川崎宿で喧嘩を売ってきた浪人』と」

口をはさんで、藩士のひとりが声を上げた。

「鈴木が『川崎宿で喧嘩を売ってきた浪人』といったのか」

「そうです。この耳で、しかと聞きました」

顔を向けて、飯島が訊いた。

「平井、鈴木や矢口は、おぬしとともに京へ上ってきたのだったな」

「一緒でした。その浪人に喧嘩を売られたのは、私です。矢口、あの浪人のことは憶えているだろう」

平井が矢口を見やった。

首を傾《かし》げて、矢口がつぶやいた。

「そういえば、川崎宿で喧嘩をふっかけてきた浪人と、よく似た浪人を島原でみかけた。他人の空似、だとおもって、忘れていたが」

飯島が平井と矢口に視線を流して、訊いた。

「平井、矢口。そ奴の顔、憶えているか」

「見たら、わかります」

口を挟んで田中がわめいた。

「将軍塚の鳴動は、そ奴が将軍塚の近くに、火薬玉を仕掛けて爆破し、引き起こしたものです」

その場に激震が走った。

飯島が、声高に告げた。

「その浪人、田中を追って、島原にきているかもしれぬ。これから、平井と矢口を長とする二組をつくり、島原中を走り回れ。そ奴を見つけたら、知らせるのだ。あくまでもつけ回し、我々が駆けつけるまで離れるな」

「承知しました」

大刀を手にして、平井と矢口が立ち上がった。

四

すでに隼人は島原にいた。星一つない空、重く垂れ込めた雲に、島原に点《とも》る、不夜城をおもわせる灯火が映えて、墨絵ぼかしの光景をつくりだしている。

嵐山楼のある中之町の通りを、隼人はゆったりとした足取りで歩いていた。隼人は、京にきた水戸藩士たちが何人いるか知らなかった。多分三十人ほど、と当たりは付けていた。

が、あくまでも予測であって、正確な数はわからない。三十人だとしたら、将軍塚で五人斬り捨てているから、残りは二十五人ということになる。

（集団で一気に襲いかかられたら、ひとりでは太刀打ちできぬ。実数をたしかめる方法がみつからない以上、おのれの身を囮《おとり》に、水戸藩士に誘いをかけて、何度か斬り合って倒していけば、襲ってくる水戸藩士の人数は次第に減っていく。いずれ、人数を見極めることができるだろう）

隼人は、そう考えていた。

歩を移しながら隼人は、膝の下を断ち切ったふたりの武士に、止《とど》めを刺したときのことを思いだしている。

苦渋の決断だった。そのまま放置して立ち去っても、切り口から大量の血が流れ出ているふたりの命が尽きるのは明らかだった。将軍塚は華頂山の山頂にある。翌朝まで、人がやってくるとはおもえなかった。

隼人のなかで、ふたつの考えがせめぎあっていた。このままたち去るか、止めを刺して、激痛にのたうち、溢れ出る血が枯れるまで、長くつづく苦痛を断ってやるか、どちらをとるか、迷っていた。

側目付という役目に徹するのであれば、禍根を断つため、止めを刺すべきだろう。が、動くこともままならぬ躰《からだ》になって、いずれ死ぬとわかっている相手に止めを刺すのは、隼人の、武士としての矜持が許さなかった。

骸が発見されたときに、互いに斬り合って果てたとみせかけるために、隼人は武士たちの指を刀の柄から引き剝がし、その刀で骸の躰を斬って、血糊をつけていった。

作業をつづけていくうちに、隼人のこころは決まった。

(このまま放置して苦しませるより、苦しむ間を少しでも少なくしてやるべきで

はないのか。武士の情け、とはそういうことではないのか）

腹をくった隼人は、すでに息絶えている武士から奪った刀を、ふたりの胸に突き立てて、止めを刺したのだった。

突き刺したときの感触が、いまだに手に残っている。

足を止めて、隼人は自分の手を見つめた。

（まだ止めを刺したことを悔いている。武士の情け、とおのれにいいわけをして、身動きできない者を殺したことを、卑怯な振る舞いだったと恥じているのだ）

重苦しいものが、塊と化し、躰の奥底から噴き上がってきた。

その衝動に耐えきれず、吼《ほ》えたくなった瞬間、浴びせられた殺気に、隼人は現実に引き戻された。

周囲に視線を走らせる。

左手にある、二軒先に建つ揚屋の外壁の後ろから顔をのぞかせて、隼人を見つめている武士がいた。

（やっと見つけてくれた。どういう出方をするか。引きずり回してやるか）

胸中でつぶやいた隼人は、尾行に気づいていない様子を装って、足を踏み出した。

中之町の通りと交差する道筋を右へ曲がって出た隼人は、次の辻を左へ折れ、太夫町の通りを歩きつづけた。時折立ち止まり、揚屋を見上げたりして様子を探っているふりをする。そのたびに、横目でつけてくる水戸藩士たちの様子を探った。

突き当たりで向きを変えた隼人は、太夫町から中堂寺町へと歩きつづけた。島原遊郭に出入りできる門は、ひとつしかなかった。惣門《そうもん》でもある島原大門が、その出入り口である。西門は火災など、不測の事態が発生したときに開けられる、非常用の門であった。

（出入りできる場所はひとつしかない。一番奥の通りを歩きまわるのは避けるべきだ。唯一の出入り口である島原大門から遠ざかれば遠ざかるほど、危険度は高まる）

そう判じた隼人は、中堂寺町の通りを歩いたあと、中之町の通りへもどり、上之町と中之町を貫く通りを何度も往復する、と決めた。

中堂寺町の、突き当たりの塀の前で踵《きびす》を返したときに、水戸藩士たちに目線を走らせた隼人は、つけてくる人数が数人増えている、と断じた。

が、上之町の通りの突き当たりまで行き、躰ごと向きを変えたとき、つけてきた人数が減っていた。

(仲間を呼びにいったのだ。水戸藩士たちの剣の腕前が、どの程度かわからぬ。大勢と戦うのは、危険だ。とりあえず、島原から出よう。外へ出て、近くの人目につかない場所に誘い込んで、つけてきた者を斬る。斬って、水戸藩士たちの数を減らそう)

そう腹をくくった隼人は、道筋へ向かって歩みをすすめた。

辻を右へ折れた隼人は、道筋を早足で島原大門へ向かった。

堀と塀に囲まれた島原の周囲には、畑が広がっている。

見通しのよい畑の中で斬り合うことは、避けねばならなかった。

島原大門から出た隼人は、左右に視線を走らせた。前方に本願寺《ほんがんじ》の大甍《おおいらか》が空を切って聳《そび》えている。斜め左には、住吉神社の鳥居が黒い影を浮かび上がらせていた。

島原大門を出た隼人は、一つ目の辻を左へ折れた。人目につきにくい住吉神社の境内に誘い込んで斬り合うつもりでいる。

隼人をつけてくる足音が聞こえる。

（足音から判じて、つけてくる者はふたりか三人）

そう推測していた。

住吉神社の鳥居が間近になったとき、いきなり隼人が走り出した。

つけてきた三人のうちのふたりが、隼人を追って走った。

突然、立ち止まった隼人が、振り向くや大刀を引き抜いて、追ってきたふたりに向かって駆け寄った。

隼人の動きに驚いたふたりが、あわてて足を止めた。焦って、大刀を抜き連れる。

が、すでに手遅れだった。躍り込んだ隼人は、駆け抜けざまにひとりの胴を斬り裂き、振り向きざまに、残るひとりを袈裟懸《けさが》けに斬り捨てていた。

迅速極まる隼人の動きだった。

見届け役として別行動をとったひとりを、隼人が振り返る。

「貴様は、川崎宿で喧嘩を売った相手」

見届け役は平井だった。

「やはり、あのときの浪人」

吠えた平井が、かなわぬとみたか、背中を向けて逃げ出した。

脱兎の如く駆けていく。

そんな平井を、隼人は凝然と見つめている。

隼人は、住吉神社の境内の、通り沿いに立っている大木の陰に身を潜めている。

駆け寄る入り乱れた足音が、次第に大きくなってきた。

隼人が目を凝《こ》らす。

ふたりの骸に武士たちが駆け寄る。先頭に平井の姿があった。

骸を運ぶつもりか、ふたりの武士が片膝をついて地面に座った。それぞれ数人ずつ二手に分かれて、ふたりの武士を抱え上げた水戸藩士たちが、片膝をついた武士ふたりの背中に、骸を乗せた。

骸を背負った武士たちを取り囲むようにして、平井たちが、島原遊郭へ向かって歩き去って行く。

水戸藩士たちの後ろ姿を凝視しながら隼人は、

(駆けつけた人数は二十五人か。予測に近かったな)

胸中でつぶやいていた。

五

島原大門の近くまでもどってきて、飯島が足を止めた。

平井たちも立ち止まる。訝《いぶか》しげに飯島を見やった。

一同を見渡し、飯島が告げた。

「ふたりの骸を嵐山楼に運びこむわけにはいかぬ。所司代の力も及ばぬ場所といわれている島原遊郭だが、死人が担ぎ込まれた、となると店の主人も大目にみるわけにはいかないだろう。島原遊郭にも、島原なりの掟がある。死人が出たわけを調べようとするだろう」

平井が声を上げた。

「我らは、極秘の指令を受けて、都にきている。京にいることすら、大っぴらにできない身だ」

「その通りだ。これから、ふたりの骸を近くにある寺の境内に捨てにいく。人目につかない、入り込みやすい寺に心当たりはないか」

横から矢口がいった。

「興正寺《こうしょうじ》がいい。本願寺の隣にある寺だ。多数の修行僧が寄宿し、寺侍《てらざむらい》が警固の見回りをしている本願寺と違って、警戒が手薄な寺だ。簡単に入り込める。拙者は寺回りが好きで、このあたりの寺を見て回ったが、いつ行っても人の気配を感じない寺だ」

「そこにしよう。矢口、先導してくれ」

声をかけた飯島に、

「承知した」

応じて矢口が歩き出した。

飯島たちがつづいた。

茨木屋に帰り、座敷に足を踏み入れた隼人を、振り向こうともしないでお藤が声をかけてきた。一緒にいる与八が、苦笑いして、お藤を見やっている。

「旦那、晩飯は行燈のそばにおいてあるよ」

「心遣い、すまぬ。今夜も空きっ腹なんだ」

行燈に歩み寄り、握り飯と香の物が載せられた、丸盆の前に座った。

鼻をひくつかせて、与八がいった。

「どこから臭ってくるんだろう。生臭い臭いがしますぜ。血の臭いのような」

握り飯を頬張りながら、隼人がこたえた。

「将軍塚で、待ち伏せされていた。山腹を爆破し、将軍塚が鳴動したようにみせかけたところを、水戸の藩士たちに見られた。そのなかに、川崎宿で喧嘩を売った奴がいた」

うなずいて、隼人が応じた。

「やはり、水戸藩の奴だったんですね。あの武士は」

「襲ってきたので、五人、斬り捨てた」

お藤が心配そうに声を上げた。

「旦那は、大丈夫だったのかい。怪我してないよね」

握り飯を手にして、隼人が振り返った。

「大丈夫だ。それから後、島原遊郭に足をのばして、水戸藩の連中が泊まっている嵐山楼のまわりを歩きまわった。水戸藩士に誘いをかけておびき出し、ひとりでも多く斬り倒しておこう、と考えてやったことだ」

「無理しちゃだめだよ。何かあったら、どうするんだね」

心配顔でお藤がいった。

「無理はせぬ。深川で、喧嘩屋隼人、暴れ隼人と陰口を叩かれていたおれだ。勝てない喧嘩はしない。これでも喧嘩のやり方は知っているつもりだ」

「それならいいけど」

ちらり、と皿の上の握り飯に目を走らせ、お藤がつづけた。

「まだ一個、握り飯が残っているよ。早く食べなよ。お腹が空いてるんだろう」

「そうだった。大事な、残りものだ。味わって食べるぞ」

応じた隼人が、手に取った握り飯を口へ運んだ。


そのころ、嵐山楼の一間では、飯島が平井たちと車座になっていた。

一同に視線を走らせて、飯島が告げた。

「あんまり時間はかけられぬ。大政奉還に反対している摂関家の重鎮、一条卿を暗殺し、近習たちが帝を説得しやすい状況をつくる」

その場にざわめきが起こった。

睥睨《へいげい》して、飯島がことばを重ねた。

「明日、錦小路卿や高原卿に、一条卿暗殺に踏み切ることを通告する。明後日にも、事を決行する。失敗は許されぬ。死ぬ気でことに当たってくれ」

眦《まなじり》を決して、一同が大きく顎を引いた。

第七章　策略くらべ

一

翌朝、朝廷で行われている御前会議は、険悪な空気に包まれていた。

尊皇思想の旗振り役ともいうべき錦小路が、

「水戸藩が後ろ盾になってくれるいまこそ、朝廷に政《まつりごと》を取り戻すことができる絶好の機会。まず手始めに、帝《みかど》が垂加神道の講義を受けられ、尊皇思想について、あらためて学びなおしていただきたく、伏してお願い申し上げます」

と平服した。

迷っているのか中御門天皇は、ことばを発しない。

重苦しい沈黙が流れた。

しきりに首をひねっていた中御門天皇が、頭を下げたままの錦小路に目を向けた。

「錦小路が、それほど申すのなら、今一度、水戸の藩士たちと会い、存念のほどを聞いてみるか。その上で垂加神道の講義を受けるかどうか、決めよう」

「まことでございますか。声をかければ、水戸藩士たちは、直ちに馳せ参じまする」

「錦小路や近習たちの熱意に流されてみるのも一興。そうおもうておる」

そのことばにかぶせるように、一条実朝が声を上げた。

「水戸家の藩士たちと会うのは、おとどまりくださいませ」

一膝すすめて、一条がつづけた。

「昨日、将軍塚が鳴動いたしました。なにゆえ二度も鳴動したか、考えておりましたが、いまの帝の御言葉ではっきりいたしました。将軍塚は、尊皇倒幕をすすめる者たちのことばに、帝の御心《みこころ》が揺らがぬよう、警告しているのではないでしょうか。尊皇の世を実現するためには、幕府を倒さねばなりませぬ。帝は京の都を、再び戦乱の渦に巻き込むつもりでございますか」

顔を歪《ゆが》め、いやいやするように左右に打ち振った帝が、苛立たしげに甲高い声を上げた。

「戦乱の世など、望まぬ。朕《ちん》は、いまのままでよい」

錦小路を見据えて、声を荒らげた。

「水戸の藩士たちとは会わぬ。手配しなくともよい。将軍塚が二度も鳴動した。不吉の兆しじゃ。垂加神道のこと、当分の間、聞きとうない。下がってよいぞ」

不機嫌を露わに、中御門天皇がそっぽを向いた。

ひれ伏したまま、錦小路は動かない。

「帝のおことばが、聞こえなかったとみゆる。錦小路殿、この場より退出されよ」

錦小路が、頭を下げたまま無言で膝行《しっこう》して後退《あとずさ》った。

退出する錦小路を、一条が見詰めている。

その目が鋭い。


屋敷の接客の間に、高原と飯島が待っている。

帰ってきた錦小路は、接客の間へ急いだ。

襖《ふすま》を開けて、座敷に入ってきた錦小路に顔を向けて、飯島が話しかけた。

「錦小路卿、その顔色では帝との話し合いは、不首尾に終わったようですね」

上座に身を置いた錦小路が、腹立たしげに応じた。

「またしても一条卿に邪魔をされた。つづいて二度、将軍塚が鳴動したことで、帝は弱気に襲われておられる。今日は、はっきりと『戦乱の世など、望まぬ。いまのままでよい』と仰《おつしや》られた」

ふてぶてしい笑みを浮かべて、飯島がいった。

「此度《こたび》のことで、一条卿がいるかぎり、帝はわれらの望みどおり動いてくださらぬということがはっきりしました。この上は、朝方申し上げた、一条卿暗殺を決行するしか手はありませぬ。邪魔者を消せば、事は一気にすすむはず」

迫った飯島に、

「暗殺など、そんな手荒いことを、やっていいものかどうか。しかし、いまのままでは」

いわんとしたことばを、飯島が引き継いだ。

「その通り。いまのままでは無為に時だけが過ぎ去る。邪魔者を除外すること、すぐにも決断されるべきかと」

溜息をついて、錦小路がつぶやいた。

「それしか、手はないのかもしれぬ」

「直ちに支度にかかります」

手をついた飯島が、異変を感じたか、隣室との境の襖を振り向いた。

「御免」

立ち上がった飯島の動きは素早かった。

いきなり襖を開ける。

そこには、驚愕し、金縛りに合ったかのように身を固くしている沙織の姿があった。襖のそばに潜んで聞き耳をたてていたのは、明らかだった。

仁王立ちした飯島が、沙織を睨みつけている。

錦小路が声を高めた。

「沙織。はしたないことを」

目を飯島に向けて、ことばを重ねた。

「我が娘のなしたこと、見逃してもらいたい」

厳しい口調で告げた錦小路を見やって、飯島が応じた。

「承知しました。ただし、事が成就するまで沙織様を外に出さぬ、と約定《やくじょう》してくださいますか。大事の前、企みが漏れることだけは避けねばなりせぬ」

「約束しよう」

言い切った錦小路が、沙織に視線を移す。

うつむいて肩を落とした沙織が、力なく座り込んでいる。

二

その日の夜、茨木屋の部屋で、隼人と与八、お藤が話し合っていた。

「今朝、いつも高原卿を訪ねてくる水戸藩の藩士三人が、やってきました。まもなく高原卿と一緒に出てきて、錦小路卿の屋敷へ行きました」

お藤が口を開き、与八が話を引き継いだ。

「小半刻ほどして、小者ひとりをしたがえて錦小路卿が出かけ、禁裏御所へ行き、昼過ぎに出てきました。不快なことでもあったのか、顔が引きつっていました。何日も張り込んでいるので、高原卿の顔色の変化は、多少わかるようになってきました。お公家さんは、あっしら町人と違って、苦労が足りないようで」

揶揄《やゆ》するような、薄ら笑いを浮かべた。

再び、お藤が声を上げた。

「今日は、暮六つ近くまで錦小路卿の屋敷を張り込みましたが、高原卿も水戸藩士たちも屋敷から出てきませんでした」

「もう少し張り込んでいたかったんですが、青侍《あおざむらい》たちが見廻りを始めるんで、場所を変えても咎められるおそれがありまして、申し訳ありやせん」

「いつまでかかるかわからない、先の見えない探索だ。無理は禁物だ」

ふたりを見やった隼人が、

「明日からお藤は一条卿の、与八は高原卿の屋敷を張り込んでくれ。禁裏御所を出てきたときの錦小路卿の顔が引きつっているように見えた、という与八のことばが、なぜか気になる。帝の前で、敵対する一条卿と尊皇思想について論じあって、帝の不興をかったのかもしれぬ。いままでと違った成り行きに変わった。そんな気がする」

与八とお藤が、顔を見合わせた。事態が緊迫したことを察知したのか、見交わす目に厳しいものが宿っている。

翌朝、隼人は島原遊郭の中之町通にいた。これみよがしに嵐山楼の近くを行き来している。

（水戸藩士をひとりでも多く、倒しておきたい）

との強いおもいが、隼人を駆り立てている。

警戒しているのか、水戸藩士たちはひとりも出てこなかった。

視線は感じている。未熟さゆえ、隠しきれないのか殺気を含んでいた。

〈どこぞに身を潜めているのだ〉

あえて隼人は、気配を発している場所を探ろうとはしなかった。

歩きつづけているうちに、気配は二カ所から発せられていることを察知した。

時が過ぎて、昼近くになった。

見ているだけで動こうとしない敵に、隼人は、いささか辟易《へきえき》した。

（島原遊郭のなかにいつづけるから、奴らも動かないのだ。敵が動かないのなら、おれが動くか。動いてみたら、つけてくるかもしれない。つけてこなくて、もともとだ。つけてきたら、人目に付きにくい場所へ誘い込んで、勝負しよう）

そう考えて隼人は、踵《きびす》を返した。

島原大門を出た隼人は、左右に畑が広がる道を歩いて行く。

左手に町屋が建ちならんでいるところにきた。隼人はひとつめの三つ叉《また》を左へ折れた。

先日は夜で、寝静まっていた町屋の住人も、昼間には、ちらりほらりと往来している。

（人目がある。これでは斬り合えぬ）

周りに視線を走らせながら、隼人は歩を運ぶ。

住吉神社の鳥居ごしに、本國寺《ほんこくじ》の豪壮な甍《いらか》が見えた。

隼人は、本國寺の境内で戦う、と腹を決めた。

どうやら隼人の賭けは、よい目が出たようだった。

つけてくる足音が聞こえる。

重なり合っているところから判じて、二、三人いる、と見込んでいた。

水戸藩士たちを斬り捨てた、住吉神社の前を通り過ぎた隼人は、次の辻を右へ曲がった。

行く手に、広大な境内を有する、本國寺の惣門が聳えている。

隼人は、惣門をくぐり抜け、本國寺の境内へ足を踏み入れた。

境内を横切った隼人は、裏手にある、林へ向かって歩みをすすめた。

藩士たちは、姿をさらして堂々とつけてくる。隼人と命のやりとりをするつもりでいるのは、明らかだった。

林の奥で、隼人は足を止め、振り返った。

つけてきたふたりの水戸藩士が立ち止まり、木々を挟んで対峙した。

「勝負所望」

隼人が声をかけ、大刀を抜き放つ。

「同志の敵《かたき》。許さぬ」

がっちりした体軀の藩士が低く応じた。ふたりが大刀を抜き連れる。

凄まじい殺気が、その場に迸《ほとばし》った。

その頃、一条卿の屋敷を張り込んでいるお藤は、小走りにやってくる十七、八の可憐な野の花をおもわせる、瓜実顔《うりざね》で美形の娘に目を奪われていた。清純で色白、いかにも優しげな娘の顔に、必死な様子が見て取れた。出で立ちからみて、公家の娘とおもわれた。

娘の背後に、ふたりの武士の姿があった。

(娘さんをつけてきたんだ。武士たちは、おそらく水戸藩士)

見た瞬間、お藤はそう判じた。

娘は、躊躇することなく一条卿の屋敷に走り込んでいった。

武士たちが、意味ありげに顔を見合わせている。

お藤は、一条卿の屋敷へ目をもどした。

屋敷の自分の居間で、一条君麿は書見をしていた。

廊下を走ってくる足音がした。

「君麿さま、大変です」

切羽詰まった沙織の声だった。

立ち上がった君麿が、戸障子を開ける。

血相を変えた沙織が立っていた。いきなり、いった。

「屋敷を抜け出てきました」

「屋敷を抜け出てきた？」

鸚鵡《おうむ》返しをした君麿に、沙織が告げた。

「一条卿が、父御さまが危ない。高原卿と水戸藩の飯島郡兵衛という藩士と配下の者たちが、父上に、一条卿の命を頂戴する。と申しておりました」

「父上の命を奪うといっていたのか。その話、くわしく聞かせてくれ。部屋に入られよ」

沙織の肩に手を添えて、君麿が部屋に招じ入れた。

向かい合って座るなり、沙織は盗み聞きした、錦小路や高原卿、飯島郡兵衛た

ちが交わしていた話のなかみを、くわしく語った後、

「高原卿と飯島たちが引き上げた後、父はわたしに、以後盗み聞きなどしてはならぬ、といったきり、自室にとじこもりました。今朝は、いつものように禁裏御所へ出かけました。あたしは、この話を君麿さまにつたえるために、家来たちの目を盗んで、屋敷を抜けだしたのです」

厳しさと優しさが入り交じった、切なげな表情で君麿が告げた。

「知らせてくれて、ありがたいかぎりだ。が、私を訪ねてきたことが高原卿や水戸藩士たちに知られたら、沙織さんの身が危ない。くれぐれも警戒してもらいたい。沙織さんは、私にとって、かけがえのない、ただひとりの女性《にょしょう》。沙織さんの身に何かあったら、私はどうすればいいのだ」

「君麿さま。あたしも同じ想いでございます」

いきなり沙織が君麿にすがりつき、胸に顔を埋めた。

「沙織さん」

君麿が沙織の肩を強く抱きしめた。

つけてきた水戸藩士ふたりは、隼人の敵ではなかった。刃をぶつけあうことも

なく、ほとんど同時に斬りつけてきたふたりの切っ先を、斜め横に跳んで躱《かわ》した隼人は、さらに一跳びしてふたりの背後に回り、ひとりを肩口から背中を袈裟懸けに、振り向きながら体勢を立て直そうとした、残るひとりの心ノ臓に突きを入れて、倒していた。背中を断ち切られた武士は前のめりに、胸から背中へと貫かれた武士は、引き抜かれた大刀に導かれたように、地面に崩れ落ちた。

骸《むくろ》をその場に残したまま、林から出てきた隼人のなかに、釈然としないものが生じていた。

対峙したとき、藩士のひとりが、せせら笑って口走った一言が、棘《とげ》のように隼人のこころに刺さっている。

藩士は、

「まんまと引っかかったな」

と、いったのだ。

(まんまと引っかかったとは、どういう意味なのだ)

胸中で、おのれに問いかけている。

今日も一条卿と摂関家の面々、近習番頭錦小路卿と近習番衆十四人は、帝を説得すべく論戦を繰り広げているはずであった。

（一条卿あるかぎり、帝が大政奉還を望むはずがない）

突然、閃《ひらめ》いたことがあった。

（一条卿がいなくなれば、どうなる。もしかしたら、水戸藩士たちは、一条卿の暗殺を企んでいるのではないのか）

次の瞬間、隼人は斬り捨てた水戸藩士が口走った、

「まんまと引っかかったな」

という、ことばの意味を解していた。

「しまった。一条卿が危ない」

一言発して、隼人は禁裏御所へ向かって走りだした。

三

「早く帰ったほうがいい。屋敷を抜け出たことが、水戸の藩士たちに知られたら、厄介なことになる」

そう告げて、なるべく目立たぬように、沙織を裏門から送り出した君麿は、不吉な胸騒ぎを覚えていた。

小半刻（三十分）ほど前に、突然、尾張藩京屋敷差配の使者と名乗るふたりの武士が訪ねてきた。身なりも物腰も、尾張藩の家臣としての人品を備えている。警戒すべきものは、なにひとつなかった。

かつてないことであった。

相手は徳川御三家の一系である。粗略に扱えぬ相手であった。

年嵩の武士が平井《ひらい》、したがう武士が大塚《おおつか》と名乗った。

接客の間に招じ入れた一条卿と向かい合い、下座に控えた平井が、口を開いた。

「京屋敷差配が、朝廷と幕府のかかわり合いについて、内々でご相談したいことがあるので、曲げて我らと御同道願いたい」

と丁重に申し入れた。

どうしたものか、と迷った一条に、尾張藩京屋敷行きを決意させたのは、平井が発した、

「朝廷と幕府のかかわり合いについて、内々でご相談したいことがある」

ということばであった。

一条は、

（摂関家と近習番衆が、尊皇思想をめぐって対立していることが、尾張藩京屋敷

詰めの藩士の耳に入ったのかもしれぬ。朝廷内の諍《いさか》いの噂が、吉宗公や幕閣の重臣たちの耳に入ったときに備えて、尾張藩京屋敷差配と親睦を深めておくべきだろう）

と、考えたのだった。

「委細承知。同道しよう」

応じた一条卿は、青侍ふたりと駕籠を担ぐ小者ふたりをしたがえて、平井たちとともに出かけた。

一条卿が出かけるのと入れ違いに、沙織がやってきたのだった。

沙織の話を聞いた君麿は、

（使者が、尾張藩京屋敷詰めの藩士だという、証《あかし》はない。沙織さんの話を聞いていたら、どんなことがあっても引き留めた。尾張藩京屋敷に行き着くまでは、小半刻ほどかかる。いますぐ出れば、追いつくはずだ。幼いころから修行してきた剣の腕が、役に立つときがきた）

腹を決めた君麿は、居間にもどり、刀架に架けた大小二刀を手にとった。

一条家の表門から、君麿が血相を変えて飛び出してきた。それを見て、お藤は半《なか》ば反射的に、沙織をつけてきた武士たちに視線を走らせた。

ふたりは驚愕し、棒立ちになって、食い入るように走り去る君麿に目を注いでいる。

それも一瞬のこと、何かに気づいたのか、顔を見合わせ、背中を向けるや、もときた道へ駆け去っていった。

振り返ったお藤の目が、遠ざかる君麿をとらえた。

(ただならぬ様子。どこへ行くか、つきとめなきゃ)

そう断じたお藤は、裾を蹴立てて走り出した。

四

今出川《いまでがわ》御門から今出川通へ出た君麿は、加茂《かも》川と高野《たかの》川をまたぐように架けられた、長大な出町《でまち》橋へ向かって走っていく。

見失わないように、お藤は乱れる裾も気にかけず、死に物狂いで追いかけていった。

尾張藩京屋敷は、加茂川と高野川が合流した地点から名が変わる、鴨川の向こう岸、吉田本町《よしだほんちょう》にあった。

近くに知恩寺《ちおんじ》百萬辺《ひゃくまんべん》、後二条《ごにじょう》天皇北白川陵《きたしらかわりょう》、屋敷を通り越して少し行くと吉田神社、奥に吉田山が聳え、森や林が点在する、身を潜《ひそ》めやすいところであった。

警固するように、平井が先頭に立ち、大塚が最後尾を固めている。駕籠の両脇を、一条家に仕える青侍が固めていた。

不審そうな面持ちで周囲に目を走らせた、駕籠の右手に付き添う青侍が、平井に声をかけた。

「待たれい。尾張藩京屋敷へ向かう道筋とは違う。このままうすむと、吉田神社へ行くことになる」

平井が立ち止まって、振り返った。顔に薄ら笑いが浮かんでいる。

「ご明察。吉田神社へ向かう道です」

「なにゆえ、吉田神社へ向かわれる」

問いかけた青侍の音骨《おとぼね》に、咎めるものがあった。

「もともと、そのつもり。話し合う場所など、どこでもいいのでは」

駕籠のなかから、声が上がった。

「そうはいかぬ」

平井が駕籠を見据える。

「駕籠をおろせ」

一条卿が下知した。

駕籠がおろされ、一条卿が駕籠から降り立った。

厳しい口調で告げた。

「話が違う。私は尾張藩京屋敷へ同道するとこたえたが、吉田神社へ行くとはいっていない。引き上げさせてもらう」

「そうはいかぬ。何が何でも、同道してもらう」

平井が大刀の柄に手をかけた。


行く手の、通り沿いにある林の木々の陰に、高原卿と飯島、水戸藩士たちが身を潜めている。

隣り合う木の後ろに立つ高原卿に飯島が話しかけた。

「一条卿、感づいたようですな。人目を避けるために、できれば吉田神社を通り過ぎたあたりで襲いたかったが、やむを得ぬ」

「麿《まろ》は、ここに残る」

告げた高原卿に、

「御随意に」

こたえた飯島が藩士たちに声をかける。

「行くぞ」

大刀の鯉口《こいぐち》を切った。

いきなり平井が、駕籠を担いできた小者の脇腹を、手練の居合抜きで斬り裂いた。

後棒を務める小者に、大塚が突きを入れる。

小者の胸から背中へと大刀が突き抜けた。

断末魔の叫びを上げて、小者が激しく痙攣《けいれん》し、がっくりと息絶える。

走ってきた君麿が足が止め、叫び声がしたほうを見やった。

「吉田神社の方角か。やはり、待ち伏せ。父上、ご無事で」

再び、走り出した。

「お逃げください」

一条卿に声をかけ、青侍が平井に斬りかかる。

もうひとりの青侍が、一条卿を追おうとした大塚の前に立ち塞《ふさ》がった。

その顔が、驚愕に歪む。

「新手だ」

青侍の声に、平井と斬り結ぶ青侍が、目を走らせた。

大刀を抜き連れながら、飯島たちが駆け寄ってくる。

「逃がすな。斬れ」

飯島の下知に、大塚が動く。青侍が斬りかかり、行く手を塞いだ。

躍り込んだ飯島が、平井と鍔《つば》迫《ぜ》り合いをしている青侍の背中に、袈《け》裟《さ》懸《が》けの一撃を叩きつける。

背中を断ち切られ、青侍が頽《くずお》れた。

二手に分かれた藩士たちの一方が、残る青侍に襲いかかり、他の数人が一条卿を追いかける。

一斉に斬りかかられた青侍が、逃れようと滅茶苦茶に大刀を振り回した。
切っ先の届かぬところまで後退った藩士たちが、青侍を取り囲む。
背後に位置した藩士が、脇差を抜いて、投げつけた。
脇差が、青侍の後頭部に突き立つ。
大きく呻いた青侍が、その場に崩れ落ちた。
追いついた藩士が、一条卿の肩口に、上段から大刀を振り下ろす。
肩から背中へと斬り裂かれ、一条卿が前のめりに倒れ込んだ。
止めを刺そうと迫った藩士が、
「待て、狼藉者《ろうぜきもの》、許さぬ」
呼びかけられ、声のした方に目を向ける。
その目に、大刀を抜き放ち、駆け寄る君麿の姿が飛び込んできた。
飯島もまた、君麿に気づいていた。
「まずい。顔を見られる」
呻くように吐き捨てて、飯島が怒鳴った。
「引き上げる。退却しろ」
一斉に飯島を振り向いた藩士たちが、潜んでいた林へ駆け込んでいく。

しんがりを務めた飯島が、走り寄る君麿を一瞥し、いまいましげに唾を吐き捨て、踵を返した。


君麿には、そんな飯島たちを気にかける余裕はなかった。

君麿の目は、溢れ出た血で背中を真っ赤に染め、俯《うつぶ》せに倒れている一条卿だけしか捉えていなかった。

大刀を鞘におさめた君麿が駆け寄って片膝をつき、一条卿を抱き起こす。

呼びかける。

「父上、しっかりしてください。父上」

揺らすが、一条卿は何の反応もしなかった。

君麿が、一条卿の胸に耳をあてる。

「心ノ臓は動いている。助かるかもしれない」

つぶやいた君麿に声がかかった。

「通りがかりの者です。手伝います」

君麿が顔を上げた。

数歩先に見知らぬ女が立っていた。

お藤だった。

「早くお医者さんに見せなきゃ。手当が早ければ、助かるかもしれません。おぶって、屋敷へもどってください。早く」

そばにきて、お藤がつづけた。

「おぶうのです。手を貸します」

「初めて会ったのに、心遣い痛み入ります」

一条卿を抱いたまま、躰をねじるようにして自分の背中に乗せようとする君麿に、背後にまわったお藤が手を貸した。

一条卿をおぶって、君麿が立ち上がる。

「かたじけない」

と頭を下げた。

「気にしないでください。そんなことより、かかりつけの医者があったら、教えてください。あたしが医者を呼んできます」

「重ね重ね、ありがたい。私の屋敷は公家町にあります。かかりつけの医者は、屋敷からさほど遠くないところに住んでいます。診療所を兼ねた住まいです。近くに行ったら、道順を教えます」

「わかりました」

ふたりは話しながら、急ぎ足で歩いて行く。

そんなふたりを、近くの木立のなかから、与八が見詰めていた。高原卿を張り込んでいた与八は、飯島たちと出かける高原卿の後をつけて、一条卿襲撃の一部始終を見届けていた。

(お藤、悪いな。手を貸してやりたいが、向こうの林のなかには、まだ高原卿たちが潜んで、様子をうかがっている。迂闊《うかつ》に出ていったら、これからの探索がしにくくなる)

胸中でつぶやいた与八が、高原卿や飯島たちが潜んでいる林に視線を移した。

(高原卿の屋敷から出てきた、高原卿と水戸藩の連中をつけてきたら、この始末だ。摂関家のお頭ともいうべき一条卿を暗殺しようとするなんて、とんでもない奴らだ)

そう心のなかで毒突いていた。

屋敷の前で君麿と別れたお藤は、教えてもらった医者、長庵《ちょうあん》の住まいへ走った。

長庵は、往診に出かける前で、まだ住まいにいた。

お藤から、

「一条卿が何者かに襲われ、深傷《ふかで》をおった。至急手当をしてほしい」

と聞かされた長庵は弟子に、

「これから行く予定だった、患者のところを回って、命にかかわる急病人から診療を頼み込まれたので、今日はゆけぬ。明日伺うので、了承してもらいたい、とつたえに行ってくれ」

と指図し、お藤と一緒に一条卿の屋敷へ向かった。


さいわい医者の手当てが早かったためか、一条卿は命を取り留めた。

長庵の治療が終わったのを見届けて、お藤は君麿に告げた。

「あたしは都へ遊山《ゆさん》にきた江戸の者。連れが心配するので、今日は宿へもどります。怪我人のことが気になるので、明日も顔を出させていただきます」

「世話になりました。いつでもきてください。待っています」

と応じた君麿と別れ、お藤は茨木屋へ向かった。

宿にもどってきた与八とお藤から、水戸藩士たちが一条卿を暗殺すべく襲撃した、と聞かされた隼人は、

「やはり暗殺しようとして、襲いかかったか。水戸藩の連中、かなり焦ってきたな。一気に勝負をつける時かもしれぬ。一条卿と嫡男に会う。お藤、一緒に行ってくれ」

と、お藤にいい、与八には、

「明日は、錦小路卿を張り込んでくれ。一条卿襲撃に出かけたのは高原卿だけだ。錦小路卿が、なぜ、一条卿襲撃に加わらなかったのか。それなりの事情があるはずだ。一条卿暗殺に錦小路卿は乗り気ではなかったのかもしれぬ。いずれにしろ、錦小路卿をめぐって、なんらかの動きがあるような、そんな気がする」

「わかりやした」

と与八がこたえ、

「朝ご飯を食べたら、すぐ出かけましょう。一条卿が気づいているかどうか、気になるので」

心配顔で、お藤が応じた。

五

事前の承諾もなく、一緒にやってきた隼人に警戒の視線を注ぎながら、君麿は昨日につづいて顔を出してくれたお藤を、好意を露わに迎え入れた。

接客の間に案内した君麿は、お藤に謝礼のことばを述べた後、隼人を見やって問いかけた。

「こちらさまは、どういう関わりのお方ですか」

問いにはこたえず、お藤が、隼人に視線を走らせた。

その所作の意味に応じるようにうなずいて、隼人が口を開いた。

「拙者《せっしゃ》からおこたえ申す。拙者は将軍側目付、仙石隼人という者。身分を示す鑑札がわりの品、側目付落款が、大刀の鍔に隠し彫りされております。ご覧になりますか」

「見せていただこう」

隼人に目を据えたまま、君麿が応じた。隼人のことばを、にわかには信じかねる、とその目がいっていた。

無理もなかった。将軍直属の、側目付の存在は、幕閣の重臣たちのなかでもわずかの者しか知り得ない、極秘事項であった。

「しからば御免」

脇に置いた大刀を手に取った隼人が、刀身を鞘におさめたまま、慣れた手つきで柄をはずし、鍔を引き抜いた。はずした柄と刀身を入れた鞘をわきに置く。

鍔に両の掌《てのひら》をあて、左右に横滑りさせた。

鍔の内部に彫られた、

[此者　将軍家代理之側目付也　秀忠]

との文字が見えるように、君麿の目の前に掲げる。

身を乗り出した君麿が、食い入るように隠し彫りされた文字を見詰めた。

しばしの間があった。

目を鍔から隼人に移し、君麿が訊いた。

「たしかに拝見仕《つかまつ》った。吉宗公は、此度《こたび》の、水戸藩がからんだ朝廷内の騒動を予期しておられたのか」

「水戸の藩士たちが大政奉還を企み、帝を説得すべく、京へ向かう旨を記した書状が、目安箱に投げ込まれていたことが、発端でござる。上様からは、すべて内々に事を処理するよう、命じられております」

「内々で処理せよ、と吉宗公が命じられたのか」

「そうです。できれば、いままでの経緯を、事細やかに話していただきたいのですが」

「私が知っているかぎりのこと、すべてお話しいたそう」

錦小路卿を頭《かしら》とする、近習番衆と水戸藩士たちのつながり、錦小路卿と近習番衆の熱意に引きずり込まれそうになって、揺れ動いているとおもわれる帝の有様《ありよう》などを、君麿は話しつづけた。

最後に、君麿が念を押した。

「吉宗公が、内々で事を処理せよ、と命じられたこと、帝におつたえしてもよろしいかな」

「そのこと、つたえていただいたほうがよろしいかと。帝が拙者の口から、直《じか》に聞きたい、と仰ったら、どこへでも参上いたします」

「こちらから連絡をとりたいときは、どうすればいいのですか」

「隠密の任務ゆえ所在のほどは、ご勘弁ください。そのかわり、お藤を朝、夕、一日二度、顔を出させるようにします」

お藤を見やって、隼人がつづけた。

「頼むぞ、お藤」

「わかりました」

そんなふたりのやりとりに、君麿が何か察したのか、お藤に問うた。

「お藤さんは、仙石殿の命を受けて、我が屋敷を見張っていたのか」

曖昧《あいまい》に微笑んだお藤に代わって、隼人がこたえた。

「その通りです。すべて務めを果たすため為《な》していることです」

笑みを向けて、君麿がいった。

「おかげで、父の命を救うことができた。お藤さんには、ひとかたならぬ助力をしていただいた。いま眠っておりますが、父は今朝方気がつきました。長庵先生は、昨晩が山で、ひとたび気がつけば　後は次第に回復していく、と診立てておいでででした。手当が早かったのでよかった、とも仰っていました」

微笑んで、お藤が応じた。

「一条卿が気がつかれてよかった。心配しておりました」

隼人が口をはさんだ。

「君麿様に、お訊きしたいことがあります」

「何なりと」

「錦小路卿や高原卿の屋敷に出入りしている水戸藩士について、知っておられることがあれば教えていただきたい」

「水戸藩士の頭ともいうべき者の名を知っております。飯島郡兵衛と聞いています」

　隼人は、あえて、誰から聞いたのか、問いかけなかった。初対面の場である。余計なことは訊かないほうがよい、と考えていた。

「飯島郡兵衛、ですか。どんな人物か、調べてみます。顔合わせはすみました。これにて引き上げさせていただきます」

「そうですか。此度の騒動、なにとぞ内々で済ませていただきたく、お願い申し上げます」

　君麿が頭を下げた。

「承知しました」

　笑みをたたえて、隼人が応じた。

第八章　反逆の連鎖

一

一条卿の屋敷を出たところで、隼人が足を止めた。

立ち止まったお藤に声をかける。

「所司代に行く。一緒に来てくれ。おれが所司代の松平様に頼み事をしている間に、所司代の書庫につめて、水戸藩の家臣の名、禄高、役職を記した『水戸分限《ぶげん》帳《ちょう》』に当たって、飯島郡兵衛について調べてほしいのだ。松平様との話が終わったら、おれも書庫へ行く」

「わかった。念入りにやっておくよ」

「頼む」

歩き出した隼人に、お藤がつづいた。

所司代の接見の間で、隼人と伊東が向かい合っている。隼人の斜め後ろにお藤が控えていた。

座るなり、伊東が訊いた。

「此度《こたび》は何を用意すればよいのですか」

「ふたつ頼み事があります。ひとつは所司代様にお頼み申し上げたいことがあるということ。控えているお藤を書庫に入らせていただき、『水戸分限帳』を閲覧させていただきたい、というのがもうひとつの用件です」

「諸藩の分限帳はすべて書庫に蔵してあります。『水戸分限帳』を調べたい、ということは、京に乗り込んできた水戸藩士の名がわかったのですか」

「ひとりだけですが」

「承知しました。書庫へは、私がすぐに案内できますが、所司代との面談は、待っていただくことになるかと」

申し訳なさそうに、伊東が応じた。

「かまいません」

「差し支えなければ、所司代への頼みのなかみ、教えていただけませんか」

「昨日、一条卿が、暗殺を企てた水戸藩士たちに襲われました。嫡男・君麿様が駆けつけ、一命はとりとめられましたが、大怪我をなされました。事の顚末《てんまつ》は、一条卿を張り込んでいたお藤が、よく知っております」

「一条卿が暗殺されかかったといわれるのか」

顔を向けて、訊いた。

「お藤、まことか」

「君麿さまのお話では、尾張藩京屋敷の使者と名乗るふたりの武士が、前触れもなくやってきて、京屋敷差配が朝廷と幕府のかかわり合いについて、内々でご相談したいことがあるので、同道してもらいたい、と申し入れてきたそうでございます」

お藤は、一条卿が尾張藩京屋敷の藩士と称する者たちの申し入れを聞き入れ、出かけたこと、襲われた場所が尾張藩京屋敷を通り過ぎ、まもなく吉田神社にさしかかるあたりだったこと、などを話して聞かせた。

「お藤は、襲撃されたところを見たのか」

伊東の問いかけに、お藤がこたえた。

「あたしは、血相変えて屋敷から飛び出してこられた君麿さまの後を追って、襲撃された場所にたどり着いたので、背中を斬られ、血まみれになって俯《うつぶ》せに倒れていらっしゃった一条卿を見ただけです。ほかに駕籠を担いでいたとおもわれる小者ふたり、青侍《あおざむらい》ふたりの骸が転がっていました。あたしは君麿さまに声をかけ、一条卿を屋敷へ運び込むのを手伝い、公家町に住む長庵という町医者を呼んできました」

「女子《おなご》の身で、よう働かれたな。一条卿がお命をとりとめられたのは、早い手当があったからだ」

「恐れ入ります」

笑みを含んでお藤がわずかに頭を下げた。

隼人が口をはさんだ。

「与八と申す者を手先として、此度の探索で使っています。その与八に、高原卿の屋敷を張り込ませていました。与八の報告によれば、高原卿が一条卿襲撃に検分役として、参加しております」

驚いて、伊東が声を高めた。

「高原卿が、一条卿暗殺の一味に加わっていた、といわれるのか」

「あくまでも、見ていただけ、と聞いています」

顔をしかめて、伊東が呻《うめ》いた。

「何ということだ。公家を襲う一味に公家が加わるなど、言語《ごんご》道断《どうだん》。所司代には、そのことを申し上げ、直ちに仙石殿と面談されるよう、談判します」

腰を浮かした伊東を、隼人が制した。

「その前にお藤を書庫に案内してもらいたい。飯島郡兵衛なる者が水戸藩にて、どのような立場にあるのか、できるだけ早めに知りたいので」

「承知した」

顔を向けて。伊東が告げた。

「お藤、聞いての通りだ。書庫へまいろう」

無言でうなずいたお藤が、立ち上がった伊東にならった。


もどってきた伊東は、京都所司代・松平忠周と一緒だった。

松平の顔が、強張っている。

上座に座るなり、松平が口を開いた。

「一条卿が水戸藩士たちに襲われた、というのはまことか」

「江戸から連れてきた私の手の者ふたりが、襲撃された一条卿を見届けております。ひとりは高原卿をつけていて、襲撃を仕掛けたときから目撃しております」

　渋面をつくって、松平が応じた。

「高原卿が、水戸藩士たちとともに行動していた、と伊東から聞いたときは驚いた。近習番衆のひとりが、直接襲撃に加わらなかったとしても、一大事だ。しかし、証《あかし》のない、いまの状態では、帝《みかど》の近習を所司代で処断するわけにもいかぬ」

　松平をじっと見つめて、隼人が告げた。

「此度の水戸藩士がらみの一件を、これ以上大事にしないためにも、やっていただきたいことがございます」

「何なりと申してみよ」

「朝廷の武家伝奏役、柳原卿を呼び出し『此度の水戸藩士がらみの一件、公儀の隠密が動いて探索している。現時点でおさまれば、内々ですますことができる。帝にそのことを、お伝えしてくれ』と厳しく言い渡していただきたい」

「わかった。直ちに柳原卿を呼びだそう」

「よろしくお願いいたします」

　膝に手を置き、隼人が頭を下げた。

松平との話し合いは、小半刻（三十分）ほどで終わった。

隼人は、伊東とともに書庫へ向かった。

書庫に入ってきた、隼人と伊東に気づいて、壁際に置かれた文机《ふづくえ》に向かって、分限帳をあらためていたお藤が振り返った。

「飯島郡兵衛のこと、わかったか」

声をかけた隼人に、お藤が応じた。

「飯島郡兵衛は水戸藩士ではありませぬ」

「水戸藩士ではない。どういうことだ」

訝《いぶか》しげに問い返した隼人に、お藤がこたえた。

「御附家老中山備前守の家臣です。御附家老とはいえ、中山備前守は知行地二万五千石の、大名なみの扱いで遇されています。水戸藩の藩主は、代々江戸詰で政務を行っていますが、中山も同様に江戸詰で藩主を補佐しています。飯島は家禄五百石、彰考館の士館員の要職、数少ない編纂役のひとりです」

そばに伊東がいるせいか、お藤がいつもと違った、みょうに四角張ったことばづかいをした。

苦笑いして、隼人が告げた。

「お藤、よく調べてくれた。後は、わたしが調べる。引き上げていいぞ」

「そうさせてもらいます。『水戸分限帳』はここに置いておきます。飯島郡兵衛について書かれた箇所には、懐紙《かいし》をはさんであります。それでは」

立ち上がり、会釈したお藤が書庫から出て行った。

文机の前に隼人、前に伊東が座った。

隼人が話しかける。

「伊東殿、頼みがある」

「何ですか」

「江戸南町奉行の大岡越前守様に書状をしたためます。封紙に包んだ、その書状を公儀御用の継飛脚として、大岡様に届ける手続きをしてもらいたい。継飛脚なら、三日足らずで、大岡様の手元に届く」

「継飛脚の手配をつけます。書状を書き上げてください。書庫には、書状を書くのに必要な道具は全部そろっています。持ってきましょう」

応じて、伊東が立ち上がった。

［京にやってきた、水戸藩士の頭とおもわれる武士の名が判明した。飯島郡兵衛。彰考館の編纂役のひとりだが、水戸藩士ではない。御附家老・中山備前守の家臣で家禄五百石、と『水戸分限帳』に記述あり。大岡様には、中山備前守について、あらゆることを調べていただきたく。よろしくお願いします］

平たくいうと、そのような趣旨を記した書状を封紙にくるんだ隼人は、書庫を出て、伊東の用部屋に顔を出した。

継飛脚の手配をすべく、支度を調えていた伊東に封書を託した隼人は、その足で島原へ向かった。

（最後の戦いに備えて、できるだけ水戸藩士たちの数を減らしておきたい。ひとりで戦うのだ。敵の数は少ないほうがいい）

隼人は、そう考えていた。

島原についたときには、すでに陽は西空を赤々と染め上げていた。

島原大門へ出入りする者たちを、見張ることができる場所に身を潜めて、隼人は水戸藩士たちが現れるのを待ちつづけた。

が、陽が沈み、あたりに夜の帳《とばり》が降りても、藩士たちは姿を現さなかった。

（無理もない）

と隼人はおもった。

水戸藩士たちは、昨日、一条卿を襲っている。その上、隼人を足止めするために動いた藩士ふたりは、隼人に斬り殺されている。

飯島郡兵衛が、

（これ以上、人数を減らしたくない）

と考えて、少人数での行動を控えさせているのかもしれない。

（ここで出てくるのを待っていても、無為に時が過ぎるだけだ。誘い水をかけてみるか）

そう腹を決めて、隼人は島原大門へ向かって歩き出した。

島原遊郭に入った隼人は、半刻（一時間）ほど、嵐山楼の周辺を行き来したが、藩士たちは出てこなかった。

ただ四方から、殺気を含んだ視線を感じていた。

隼人の動きにつれて、視線の出所も変化していった。

まさしく、根比べだった。

(藩士たちには、出てきて、おれと戦う気などさらさらないのだ。気配でわかる。今日のところは引き上げるか)

胸中でつぶやいて、隼人は茨木屋へもどるべく、踵《きびす》を返した。

二

この夜も、隼人は茨木屋が用意した晩飯を食いはぐれた。お藤から頼まれて、宿の者がつくってくれた、握り飯三個と香の物を食べながら、隼人はお藤と与八の報告を受けた。

一条卿の屋敷へ立ち寄ったお藤は、

「一条卿の容体はだいぶ落ち着いてきたようです。往診にきた長庵先生も、背中の傷跡は残るが、命はとりとめた。一ヶ月ほど、寝たきりになるだろうが怪我は少しずつ回復していく、と仰っているそうです」

「それはよかった。君麿様は、いつ禁裏へ参内《さんだい》され、帝と会われるのだろう」

「できれば明日にでも出向きたいのだが、家来まかせだと、一条卿の看病がおろそかになるのではないかと心配で、まだ決めておらぬ、といっておられました」

「それはまずい」

　独り言のようにつぶやいた隼人が、お藤を見やって告げた。

「明朝、おれも一条卿の屋敷へ行く。君麿様を御所へ連れていくためだ。一条卿の怪我が一段落するまでは、待てない。君麿様が留守の間は、悪いがお藤、おまえに一条卿の看病をしてもらう」

「いいよ。腕によりをかけて、看病するよ」

「頼む」

　笑みで応じた隼人が、与八に顔を向けた。

「高原卿や飯島たちに、何か動きがあったか」

「それが、水戸藩士たちの出入りがないんで。もっとも、昨日から高原卿の屋敷に泊まり込んだまま出てこない、ということも考えられますが」

「一条卿を襲ったばかりだ。次の動きのために、一休みしているのかもしれない。今夜も水戸藩士を誘いだそうと島原へ入ってぶらついたが、遠巻きに見張っているだけで、姿を現すことはなかった」

「一条卿の暗殺はしくじった。次は、どんな手でくるか。楽しみですね」

　与八が不敵な笑みを浮かべた。

「おそらく錦小路卿は、一条卿の暗殺計画に、いい顔をしなかったのだろう。それで、襲撃の場に姿をみせなかった。そんな気がする。与八、明日は錦小路卿の屋敷を張り込んでくれ。水戸藩士たちが見張っているかもしれぬ」

お藤に顔を向けて、隼人が訊いた。

「昨日、君麿様の話を聞いていたときは、不審を抱かなかったのだが、君麿様は飯島郡兵衛の名をどうして知ったのだろう。君麿様と水戸藩士には接点はない。誰かが伝えたとしか考えられないのだ。あの日、君麿様を誰か訪ねてこなかったか」

首を傾げたお藤が、はっ、と気づいて口を開いた。

「そういえば、一条卿が出かけられた後、入れ違いに公家のお嬢さまとおもわれる娘さんが一条卿の屋敷に入っていったんだ。その娘さんの後を、ふたりの武士がつけていた。ほどなくして娘さんが屋敷から出てきて、まもなく君麿さまが飛び出してきたんだよ。そのただならぬ様子を見て、ふたりの武士は驚いて、すぐ引き上げていったのさ。武士たちは水戸藩士のような気もするけどね」

「その娘のこと、明日、君麿様に聞いてみよう。つけてきた武士たちが水戸藩士だとすると、もしかしたら、その娘、錦小路卿にかかわりがあるかもしれぬな」

「そのあたりのことも、明日張り込みながら、賭場で馴染みになった公家の小者に聞き込みをかけてみましょう」

　わきから与八が声を上げた。

　翌朝、お藤と一緒にやってきた隼人の顔を見るなり、君麿が不安そうに声をかけてきた。

「何か、よからぬことが起きたのですか」

「式台の前で話すことではありません。座敷で話しましょう」

　あわてて周囲に警戒の目を走らせた君麿が、

「父が暗殺されかかったというのに、実に迂闊でした。お入りください」

　接客の間で、君麿と向かい合った隼人は、昨日、所司代に出向き、松平忠周に、水戸藩士たちが一条卿を襲い、暗殺しようとしたこと、武家伝奏の柳原卿を呼んで、そのことを帝に話してもらうよう告げてほしいと頼んだことなどを話し、最後に付け加えた。

「遅くとも昼までには、所司代松平様と柳原卿の話し合いがもたれるはずです」

「それは、まことか。その前に、私が帝に、父が暗殺されかかったことを報告しなければなるまい。父が殺されかかったことを、知らせにこようともしない虚《うつ》け者《もの》、と公家たちから馬鹿にされる。父の看病のために報告が遅れたというのいいわけなど通用せぬ。困った。郎党たちは何人もいるが、父の看護をまかせてもよい、とおもえる者はおらぬ。どうしたものか」

半ば独り言のようにつぶやいた君麿に、隼人が告げた。

「出過ぎたこととおもわれるかもしれぬが、一条卿の看病、お藤にまかせてもらえませぬか」

君麿の面《おもて》に安堵のおもいが宿った。

「いままでの因縁もある。お藤さんの助力でたすかった父の命。看病してもらいたい、と私から頼みたいくらいだ」

隼人の斜め後ろに控えるお藤を見やって、ことばを重ねた。

「お藤さん、私からも頼む。私が留守にする間、父の看病をしてくれ」

「喜んで、引き受けさせてもらいます」

応じて、お藤が微笑んだ。

顔を向けて、君麿が告げた。

「仙石殿、これから禁裏へ参内する。帝に父が水戸藩士たちに暗殺されかかったことをお話ししてくる」

「拙者も禁裏御所の門前まで同道しましょう。万が一、帝が拙者に会ってみようとおっしゃられたときには、すぐに参上できるよう御所の前で待っております」

「委細承知。出かけますか」

「その前に、お訊きしたいことがあります。一条卿と入れ違いに、屋敷に娘さんがやってきたのを、張り込んでいたお藤が見ております。その娘さんのことを教えていただきたい」

「名は沙織。錦小路卿の娘御だ。父と錦小路卿が反目しているので、一緒になりたくても、なかなかうまくいかぬ。が、必ず添い遂げると、共に誓い合った仲だ。父上の身が危ないと屋敷を抜け出して、知らせてくれたのは沙織さんだ」

「屋敷を抜け出して、といわれましたな。沙織さんは見張られていたのですか」

問いかけた隼人に、

「高原卿と水戸藩の藩士飯島郡兵衛なる者が、父を暗殺するべきだと、錦小路卿を説得しているのを、隣の部屋に潜んで盗み聞きしているところを見つかって、あわやというところを錦小路卿が頼み込み、屋敷から出さない、という約束をして、その場は解き放たれたそうだ」

　おもわずお藤がつぶやいた。

「それでは、あのとき沙織さまをつけていたのは、やはり水戸藩士」

　聞きとがめた君麿が、お藤を振り向いて声を高めた。

「沙織がつけられていた、と申すか」

「そうです。つけてきた武士たちは、君麿さまが屋敷から飛び出してこられたのを見て、驚いて顔を見合わせ、あわてて引き上げていきました」

「沙織はつけられていたのか。いまごろどうしているだろう」

　呻いた君麿に、隼人が告げた。

「いまは、帝に一条卿が暗殺されかけたことを報告するのが、何よりも大事。出かけましょう」

　有無をいわせぬ厳しいものが、隼人の声音にこもっていた。

「承知した」

　こたえて、君麿が強く唇を嚙みしめた。

　半刻（一時間）後、君麿は上座にある帝と向かい合っていた。

部屋に入るなり、

「お人払いを」

と申し出た君麿の望みを聞き入れ、帝が人払いをした。部屋から、近習たちが出ていったのを見届けて、君麿が口を開いた。

「父が暗殺されそうになりました。仕掛けたのは水戸の藩士たち。錦小路卿と高原卿が企みに加担している、と将軍側目付・仙石隼人殿より聞いております」

驚愕した帝が、君麿に問うた。

「一条卿はどうした。命に別状はあるまいの」

「背中を斬られて、屋敷で療養しています。それゆえ、父に代わって、不肖一条君麿が参内いたしました」

「さきほど将軍側目付・仙石某《なにがし》から、水戸藩士たちが仕掛けた一条卿暗殺に、錦小路卿と高原卿が加担している、と聞いたと申したな。仙石は、まこと将軍側目付なのか、身分の証となるものをあらためたのか」

問いを重ねた帝に、

「仙石殿が腰に帯びている大刀の鍔に、鑑札代わりの、将軍側目付の身分の証となる隠し彫りが刻まれておりました。記された文字を、我が目で、しかと見届けました」

澱《よど》みのない口調で、君麿が言い切り、つづけた。

「仙石殿は、もし帝が会うことをお望みなら、直ちに馳せ参じることができるようにと、禁裏の門前で、私の指示を待っておられます。いかがなされますか」

「それには及ばぬ」

こたえた帝が、眉をひそめて君麿に聞いた。

「仙石は、ほかに何か申しておったか」

「八代将軍吉宗公は、内々に事をおさめるため、側目付の仙石殿を差し向けられたそうです。いまの時点で騒ぎをおさめれば、このまま平和な世がつづきます。帝にお願い申し上げます。父の暗殺未遂事件も含めて、此度の水戸藩士がかかわる騒動、帝の御英断で鎮めていただきたく、伏してお願い申し上げます」

畳に額を擦り付けんばかりにして、君麿が深々と頭を下げた。

禁裏御所から出てきた君麿は、待っていた隼人に駆け寄った。

「仙石殿への、帝からの伝言があります。『朝廷内での不祥事、朕が鎮めるゆえ、何とぞ此度の騒動、内々にすませてもらいたい。朕は戦乱の世はのぞまぬ。いまのまま、平穏に時が過ぎゆくことを願っておる』と、畏《おそ》れ多くも、そう仰っておいででした」

「その帝のおことば、江戸に立ち帰り、上様に目通りいたした折に、必ずお伝え申しあげます」

笑みをたたえて、隼人がこたえた。


屋敷にもどり、一条卿が寝込んでいる部屋に入ってきた、君麿と隼人に気づいて、床の傍《かたわ》らに座っていたお藤が振り向いた。

立てた指を唇に当てる。

その所作が、喋るな、という合図だと察した隼人と君麿は、俯せに寝ている一条卿に視線を走らせた。

安らかな寝息をたてて、一条卿は目を閉じている。

静かに立ち上がって、歩み寄ってきたお藤が小声でいった。

「往診を終えられて、いましがた長庵先生がお帰りになりました。順調すぎるくらい順調に、回復されているそうです」

「それはよかった。お藤さんには、ほんとに世話をかけた」

心底《しんそこ》から、君麿がいった。

「袖振り合うも他生の縁、といいます。あたしでお役に立つことがあったら、何なりと仰ってください」

お藤が微笑む。

口をはさんで、隼人が告げた。

「引き上げさせていただきます。お藤、帰るぞ」

「何が起こるかわかりませぬ。一件が落着するまで、お藤さんには毎日、朝と夕に顔を出してもらいたい。よろしく頼む」

「そうします」

とお藤が応じ、

「私も遠慮なく、立ち寄らせてもらいます」

横から、隼人が告げた。

三

翌日、隼人は錦小路卿の屋敷のまわりを、のんびりした足取りでぶらついていた。時々立ち止まり、あたりを見渡す。都へ遊びにきた浪人が、見慣れぬ景色を楽しんでいる。傍目には、そうとしか見えない、隼人の仕草だった。

昨夜、与八から、錦小路卿の屋敷の表門と裏門を、ふたり一組で武士たちが見張っている。そのなかに隼人が川崎宿で喧嘩を売った武士の姿もあるので、武士たちは水戸藩士だろう、との報告をうけていた。

隼人は、与八には、引きつづき錦小路卿を、お藤には君麿のところへ顔を出す時以外は高原卿を張り込むように指図してある。

与八のいうとおりだった。隼人が錦小路卿の屋敷の表門と裏門を望める公家屋敷の塀に身を寄せてうかがうと、門ごとにふたりずつ張り込んでいた。そのなかに、川崎宿で見かけた顔が、ひとりいた。

隼人は、わざとそんな武士たちに近づいて足を止め、顔を突き出して、それこそ上から下まで、なめるようにして見つめた。

隼人は、わざとしつこく振る舞っていた。

（斬り合う場所はどこでもいい。最後の戦いに備えて、ひとりでも多く、水戸藩

ない。
は、さりげなく、その場を離れる者もいた。が、張り込みをやめるわけにはいか
武士たちは、一様に顔を背けて、隼人のほうを見ないようにしている。なかに
そう考えた上での、行動であった。
士たちを倒しておきたい）

結局、ほかの場所に移るしか、武士たちが取り得る手立てはなかった。
が、隼人にとって、武士たちのとった対応は、何の役にも立たなかった。
歩を運んだ隼人が立ち止まるたびに、気になるのか、武士たちは目を向けてき
た。同僚を何人も殺されている。当然、殺意のこもった視線になった。その殺意
の気配が、隼人に武士たちの居場所を伝える手がかりとなった。
昼日中の公家町のなかである。喧嘩を売り、斬り合うわけにもいかなかった。
（少なくとも、四人の水戸藩士が、錦小路卿の屋敷を張り込んでいることがわか
った。一条卿暗殺に踏み切ったということは、水戸藩士たちの、一気に事を運ぼ
う、という強い意志の現れではないのか）
胸中でつぶやいた隼人は、さらに思案を押しすすめた。
与八は、高原卿の屋敷に出入りする水戸藩士たちの姿を見ていない。水戸藩士

たちが、高原卿の屋敷に拠点を移したということも考えられる。

「嵐山楼に何人いるか、調べてみるか」

独り言《ひとりご》ちた隼人は、島原遊郭へ向かって歩き出した。


そのころ、朝廷の政務の間では、錦小路卿や高原卿ら近習番衆十四人が、神妙な面持ちで、帝が出てこられるのを待っていた。


昨日の夕方、帝は、所司代から呼び出された武家伝奏の柳原卿から、所司代に告げられた内容についての報告を受けた。

一条卿が暗殺されそうになったこと。襲ったのは、錦小路卿や高原卿とかかわりを深めている水戸藩の藩士たちであること。この騒動が表沙汰になる前に、帝の力でおさめてもらいたい。事が表沙汰になれば、所司代、いや幕府が乗り出して落着することになる。そうなれば、何らかの処置をつけねばならぬ事態に陥り、現在の幕府と朝廷の関係は保てなくなる。

あらかたのことを話し終えた柳原卿は、一息ついて、一言付け加えた。

「所司代・松平様の物言いは、いつになく厳しいものでした。私には、事によったら一戦も辞さない、と言い渡されたような気がして、思わず身震いしてしまいました」

口をはさむことなく聞き入っていた帝が、溜息をついた。

（幕府相手に一戦交えても勝ち目はない。一条君麿がいっていた、いまなら内々ですますことができる、という将軍側目付の仙石某のことばを信じるしかない。直ちに強硬派の錦小路や高原ら近習番衆たちの始末をつけねばなるまい）

心中で、そう呻いていた。


政務の間に入ってきて、上座に座った帝が一同を睥睨《へいげい》した。

「水戸藩士たちが一条卿を暗殺しようと企んで襲撃し、大怪我を負わせたこと、すでに所司代の耳に入っておる。水戸藩士たちとかかわりの深い近習番頭・錦小路は無期限の蟄居《ちっきょ》に処し、高原以下近習番衆は呼びだすまで出仕無用、を言い渡す。目障りじゃ。直ちに退出せい」

告げるなり、帝が怒りを露わに、裾を蹴立てて立ち上がった。

錦小路たちを見向きもせず、部屋から出ていく。

錦小路たちは平伏したまま、身じろぎ一つしなかった。

その場を、重苦しい静寂が支配している。

島原遊郭の嵐山楼の前の通りを十数度行き来した隼人は、殺気どころか、視線のひとつも感じなかった。

（おかしい。もしかしたら水戸藩士たちは、嵐山楼を引き払ったのではないか）

そう推測した隼人は、突拍子もない、無鉄砲極まりない手をおもいついた。ところの底に、

（どうせ、いずれ命を的に、斬り合う相手）

との、割り切りがある。

隼人に躊躇はなかった。

嵐山楼に入って行く。

愛想笑いをして、近くに立っていた男衆が声をかけてきた。

「お遊びどすか」

「ここに泊まっている知り合いに会いにきた。飯島郡兵衛殿はいるか」

銭入れををとりだした隼人が、一朱銀をつまみ出した。

男衆が、ちらり、隼人の指先にはさんだ一朱銀に目を走らせる。

さりげなく手を伸ばした隼人が、男衆の手に一朱銀を押し当てた。男衆があわてて、隼人の手を押さえて、一朱銀を握りしめた。

「もう一度訊く。飯島郡兵衛は泊まっているか」

申し訳なさそうに、浅く腰をかがめて、男衆がこたえた。

「一足遅かった。飯島さまは、昨晩急に、お連れさまたちとともに引き上げられましたで」

「そうか。残念だな。ともに遊べるとおもっていたのに」

苦笑いした隼人が、

「手間をかけたな。そのうちに出直してくる」

笑みを向けて、踵を返した。


再び公家町の錦小路卿の屋敷近くへやってきた隼人に気づいて、与八が歩み寄ってきた。行き交ったとき、そっぽを向いたまま小声でいった。

「ついてきてくだせえ」

足を止めることなく、歩き去っていく。

立ち止まって膝を折り、草履の鼻緒を直すふりをした隼人が、立ち上がって向き直り、与八についていった。

錦小路卿の屋敷からは死角にあたる屋敷の塀の陰で、与八は待っていた。

そばにきた隼人に、話しかけてきた。

「旦那、なんか起きたようですぜ。昼過ぎに、憤懣《ふんまん》やるかたない顔つきの高原卿と一緒に錦小路卿が帰ってきて、ふたりして屋敷のなかへ入っていきやした。少しして、小者が走って出て行ったかとおもったら、ほどなくして、出ていった小者たちと一緒に水戸藩士十数人が小者と一緒に小走りにやってきて、屋敷へ入っていきました。入っていった連中も高原卿も、まだ出てきません」

「お役に就いている公家たちは、朝廷でもある禁裏御所に、夕七つまで詰める、と定められている。おそらく帝から、一条卿の暗殺未遂に関して、なんらかの処断がくだされたのだ。それより前に帰ってきたということは、出仕に及ばず、ぐらいの処断は下されたのであろう」

一瞬、首を傾げた隼人が、与八を見やって告げた。

「今夜にでも、錦小路卿の屋敷に忍び込んで、様子を探ってくれないか。何かあった時に備えて、おれは屋敷の塀のそばに忍んでいる」

「わかりやした。晩飯を食った後、公家町へもどってきましょう。やっと、おれの出番が回ってきやした。張り込みばかりで、動きたくて躰《からだ》がうずうずしていたんで」

嬉しそうに、与八が微笑んだ。

茨木屋にもどってきたお藤が、部屋に入ってきて隼人の顔を見るなりいった。

「君麿さまが、沙織さまから何の連絡もない。屋敷から抜け出たことがばれて、ひどい目にあっているのではないか、と大変な心配ようで。旦那、明日にでも相談に乗ってやってくださいな」

「今夜、与八に錦小路卿の屋敷に忍び込んで様子をさぐってもらう。高原卿の屋敷には高原卿や水戸藩士たちが集まっている。今後の策を話し合っているのだろう」

心配そうに、与八を振り向いてお藤が声をかけた。

「与八さん、いくら昔、軽業《かるわざ》を売り物にしていて身軽だといっても、大丈夫かい。この間、躰がなまっていて、おもうように動かない、とぼやいていたじゃないか」

苦笑いして、与八が応じた。

「心配無用だ。現金《げんきん》なもので、旦那から、忍び込んでくれ、とたのまれたときから、躰中から力が湧き出し、動きたくてうずうずしているくらいだ」

腕まくりした与八が、力瘤《ちからこぶ》をつくってみせた。


高原卿の屋敷の一間で、高原卿の隣に飯島郡兵衛、つづいて水戸藩士たちが車座に座っていた。

「このままでは引き下がれぬ。一条君麿ともども隠密とおもわれる浪人を始末する。高原卿、錦小路卿に因果をふくめ、沙織姫を高原卿の屋敷に移し、人質にして、ふたりをおびきだし、斬り捨てましょう」

「それは、しかし」

尻込みする高原卿を、飯島が睨みつけた。

「大政奉還を企てた者たちを、幕府が許すわけがない。このまま隠密を江戸に帰したら、厳しい処置が下りますぞ。死罪は免れまい」

おびえて、顔を引きつらせた高原卿が、

「死罪？　死ぬのは厭《いや》だ」

「なら、いうとおりになされませ。それしかたすかる道はない」

「わかった」

か細い声で高原卿がこたえた。

錦小路卿の屋敷の、塀のそばに隼人が立っている。

幸いなことに、厚い雲が空を覆って垂れ込め、暗闇の世界があたりに広がっていた。

足音に気づいて、隼人が塀屋根を見上げた。

盗人《ぬすっと》被りをした黒装束の男が塀の向こう側から、顔を出した。身軽な動きで塀屋根にずり上がって乗り越え、隼人のそばに降り立った。

盗人被りをとる。

与八だった。

「公家屋敷に忍び込むのは、実に簡単でしたぜ。青侍たちは夜回りをしていない。庭を横切り、屋根に向かって枝を伸ばしている木に登って屋根に上がり、瓦《かわら》をはずして屋根裏に忍びこむ。後は屋根裏を歩きまわるだけで」

「沙織様は、どうしていた」

「部屋に閉じ込められていました。水戸藩士とおもわれる武士がふたり、隣の部屋で見張っていました」

「何で水戸藩士だとわかったのだ」

「武士たちが話していたことばです。水戸訛《なま》りがありました。水戸藩には参勤交代はありませんが、国元から江戸勤番するために藩士がでてきます。江戸で、よく耳にする訛りです」

「聞き違いではないのだな」

「間違いありません」

「明日、君麿様を訪ねて、沙織様は幽閉されている、とつたえる。引き上げよう」

歩き出した隼人に、与八がつづいた。

四

翌朝、三人一緒に茨木屋から出たところで、隼人が不意に足を止めた。お藤と与八が、訝しげに立ち止まる。

「いま、おもいついたのだが、念には念を入れたほうがいいだろう。朝方で、人の目があるからやりにくいだろうが、もう一度、錦小路卿の屋敷に忍び込んで、様子を探ってくれ。一条卿の屋敷にいる。異変があったら、きてくれ」

「わかりやした。人目につきにくい、忍び込みやすいところの目当てはついておりやす。調べ終えたら、顔をだします。先に行かせてもらいやす」

応じるなり、与八が足を踏み出した。

「おれたちも行くか」

無言でお藤がうなずいた。


屋敷の接客の間で、隼人と君麿が向かい合っている。隼人の斜め脇にお藤が控えている。

なぜか浮かぬ顔つきで、ふたりを招じ入れた君麿が、座るなりいった。

「今朝方、高原卿から頼まれた、といって武士が書状を届けに来た。目を通すと、呼出状だった。『あえて時を定めぬが、今夜、日づけの変わらぬうちに高原卿の屋敷にこい。こなければ、沙織姫の命の保証はない。吉田神社近くでかかわったご存知より』と記されていた。ご存知とは、父に暗殺を仕掛けた者どもに違いない」

「まず間違いないでしょう。ただ、腑に落ちないことが」

首を傾《かし》げた隼人に、君麿が問いかけた。

「腑に落ちぬこととは？」

「実は、昨夜、拙者の手先を錦小路卿の屋敷に忍び込ませ、天井裏から屋敷内の様子を探らせました。そのときは、沙織様は屋敷におられました。ただし、水戸藩士とおもわれる武士が、隣の部屋で沙織様を見張っていました。沙織様は、自分の屋敷に軟禁されているようです」

眉をひそめて、君麿が呻いた。

「沙織さんが屋敷を抜け出して、ここに来たことは、暗殺者たちに知られている。沙織さんを死なせるわけにはいかぬ。仙石殿、助勢してくだされ。この通りだ」

頭を下げた君麿に隼人が応じた。

「もとより、そのつもりです」

「ありがたい」

君麿が微笑んだとき、廊下から襖ごしに青侍の声がかかった。

「君麿様、仙石様にかかわりがある与八と申す町人が訪ねてきて、知らせたいことがあるので取り次いでくれ、といっております。いかがいたしましょう」

「錦小路卿の屋敷を調べた結果を、報告にきたのです。この部屋に呼んでもらいたい」

首肯した君麿が、廊下に向かって声をかけた。

「ここへ通してくれ」

「連れて参ります」

返答した青侍が、立ち上がる気配がした。足音が遠ざかっていく。

接客の間の、襖のそばに与八が座っている。

錦小路卿の屋敷に忍び込み、屋根に上って瓦をはずして天井裏に入り込んだ。天井裏を歩きまわって、人の気配のありそうな部屋の天井板を、少しずらして下をのぞいたら、錦小路卿や家来たちが両手首を後ろ手に、両足首もきつく縛り上げられて、横倒しにされて転がっていた、と報告した与八が、隼人に訊いた。

「どうします。助け出しますか」

「やめておこう。助けたら、騒ぎになるだけだ。高原卿や水戸藩士たちが知ったら、口封じのため、沙織様を殺すだろう。いまは、沙織様を、高原卿たちから無事に奪い返すこと、それだけに集中しよう」

横から君麿がいった。

「その通りです。私には、理解できない。ひとり娘だというのに、なぜ錦小路卿は、高原卿たちに沙織さんを渡したのか。たとえ脅されても、沙織さんを渡すべきではなかった」

「渡すことを拒絶して、手荒く痛めつけられる錦小路卿を見かねて、沙織様が自分から高原卿の屋敷に行くことを望まれたのかもしれぬな」

隼人のことばに、君麿が誰にきかせるともなくつぶやいた。

「そうかもしれぬ。沙織さんは、気配りをする、優しい人だ」

「夕七つ過ぎに、一緒にここを出ましょう。拙者に策があります。その策に必要な武器を手に入れてきます。お藤と与八は連れていきます。夕七つ過ぎにはもどります」

「待っております」

「行くぞ」

お藤と与八に声をかけ、隼人が立ち上がった。

半刻（一時間）後、隼人は所司代の一間にいた。斜め後ろの左右にお藤と与八が控えている。

すでに伊東に火薬玉を五個と爆薬二袋、導火線二巻き、そろえてくれるように頼んである。

待っている間に隼人は、お藤と与八に、今夜、飯島郡兵衛ら水戸藩士たちや高原卿と戦うための策を話しておこう、とおもいたった。

躰ごと振り向いて、ふたりと向かい合った隼人は、考えた策を話し始めた。

「お藤は、将軍塚に行き、塚の袂《たもと》近くの山腹に二カ所、火薬玉を仕掛け、暮六つに爆破してくれ。どうやれば爆破できるか、伊東殿が火薬玉を持ってきてくれたら、細かく教える」

「初めてやること。やり方がわかるまで、しつこく訊くからね」

「そうしてくれ」

振り返って、ことばを重ねた。

「与八は、将軍塚のほうから爆破音が聞こえたら、高原卿の屋敷の三カ所に仕掛けた火薬玉に火をつけて、早く爆発させてくれ。火事になるように、火薬玉のまわりにも爆薬を仕掛け、できるだけ早く屋敷中に火の手が回るようにしてもらいたい」

「わかりやした。早めに屋敷に忍び込んで、仕掛けておきやす」

「抜かりなく頼む。それと」

「何です」

「火をつけた後は、おれと君麿様が水戸藩士たちと斬り合っている間に、敵の隙をついて沙織様を助け出してくれ」

「念入りにやります」

眦《まなじり》を決して、与八が応じた。


伊東から、火薬玉を受け取った隼人たちは、いったん一条卿の屋敷へもどった。

将軍塚からつらなる、山腹の爆破に必要な火薬玉二個と導火線、爆薬一袋を風呂敷に包み、お藤は将軍塚へ向かった。

屋敷に残った隼人は、君麿に沙織を奪回する段取りを告げた。与八が高原卿の屋敷に三個の火薬玉を仕掛けて爆発させ、火を放って炎上させる、と聞いたとき、君麿が驚いて、声を高めた。

「帝のお膝元の公家町で、火薬玉を爆発させ、火を放つのですか。とんでもない。そんなこと、許されない」

「許されない、といわれますか」

苦笑いして、隼人が告げた。

「なら、沙織様を奪い返すこと、諦めましょう。水戸藩士たちは、十数人いる。しかも、沙織様を人質にとられている。抗えば、沙織様の命を奪う、と脅されたら、どうします。高原卿や水戸藩士たちに、黙って嬲《なぶ》り殺しにされますか」

「それは」

こたえに窮した君麿に隼人が告げた。

「沙織様を人質にとり、錦小路卿や家来たちを、縛り上げて放置した連中を相手にするのです。拙者と君麿様は、そんな奴らと、命のやりとりをするのです。どんな手立てをとっても生き残る、との覚悟がなければ、戦うことをやめたほうがいい」

無言で、君麿が隼人を見据えている。隼人は、さらにつづけた。

「命がある者にしか、この世の喜怒哀楽を味わうことはできません。そのことを任務の途上、息絶えた親父殿が、身を持って教えてくれました。君麿様の命が尽きた瞬間、この世のすべては失われます。一条卿も、沙織様もいなくなります」

「それは、たしかに、その通りだが」

いやいやするように、君麿が何度も首を振った。

「どうなさる。いまなら、公家町で爆破騒ぎや火事騒ぎを起こさないですみますが。沙織様を見殺しにしますか。それとも、拙者たちが命がけで奪還しますか」

息を呑んで、君麿が黙り込んだ。

しばしの間があった。

真正面から隼人を見つめて、君麿が告げた。

「麿《まろ》は生きていたい。生きて、父の世話をし、沙織さんと添い遂げたい。仙石殿の策にしたがいます。どんな手立てをとっても生き残る。覚悟を決めました」

見つめ返して、隼人がいった。

「いいでしょう。ともに戦いましょう」

振り返って、隼人がことばを重ねた。

「与八、高原卿の屋敷に忍び込んで、爆破の支度にかかってくれ。まだ陽がある。無理はするな」

「心得ておりやす。暮六つ前には、準備をととのえておきます」

不敵な笑みを浮かべた。

高原卿の屋敷の一間に、黙然《もくねん》と沙織は座っている。

襖を取り外した両隣の部屋には、それぞれの部屋に数名の水戸藩士が詰めて、沙織を見張っていた。

ちらり、と水戸藩士たちを見やった沙織は、錦小路卿の屋敷から連れだされた、昨夜のことを思い出していた。

深更四つ（午後十時）ごろ、前触れもなくやってきた、高原と水戸藩士たちが、すでに寝入っていた家来たちを、たたき起こして一間に集め、縛り上げた。一党を屋敷に引き入れたのは、沙織を見張っていた藩士のひとりだった。

二六時中、見張られていた沙織は、夜になっても寝衣《ねまき》に着替えることはなかった。軟禁されている部屋に錦小路が引きずられるようにして、連れてこられた。

両の腕を水戸藩士たちにとられ、沙織の前に引き据えられた。

「沙織様を高原卿の屋敷へ連れていく。よろしいな」

居丈高に飯島が吠えた。

飯島の傍らに立つ高原を、錦小路が睨みつけた。

「高原、何のつもりだ。こんなことをして、許さぬ」

顔を背けて、高原がうそぶいた。

「すべて尊皇思想の世を実現するため。許されよ」

「許さぬ。沙織は渡さぬ。沙織は、たったひとりの、麿の娘じゃ。離せ」

躰を大きく振って、摑《つか》まれていた左右の腕を振りはどいた錦小路が立ち上がって高原に躍りかかった。

次の瞬間、飯島が腰から鞘ごと大刀を引き抜いて、錦小路の肩口に叩きつけた。迅速極まる動きだった。

激痛に呻いて、錦小路がその場にうずくまった。その背中を飯島が打ち据える。耐えられず、錦小路が畳に這いつくばった。その背に叩きつけようと、飯島が鞘ごと大刀を振り上げる。

そのとき、沙織が悲鳴に似た声を上げた。

「行きます。高原卿の屋敷へ行きます。父上を打たないで」

大刀を下ろした飯島を、上目遣いに見た錦小路が、沙織を見つめて呻いた。

「沙織、すまぬ」

見つめたまま、力なく顔を畳にすりつけた。

(父上さま、どうかご無事で)

胸中でつぶやいた沙織の耳に、突然、水戸藩士たちの、話し声が飛び込んできた。

「んだ、んだ。もうすぐだ。一条の息子とぉ、隠密ぅ血祭りに上げてくれるぅ」

「そんだっぺ。こんでぇ、目的がぁ、果たしやすくぅなるっぺ」

相方が応じた瞬間、怒鳴り声が響いた。

「平井、何度いったら、わかるんだ。仲間うちでも国の訛りで喋るな、といったはずだ。どこの土地の者かわかってしまう。江戸の屋敷でも、自分の屋敷以外の場所ではお国訛りで話すのは慎《つつし》め、と命じられている。ましてや、ここは京の都、隠密の任務についている我らが、どこの土地の者かすぐにわかるお国訛りで、口をきき合うのは言語道断」

横目で見やった沙織の目に、平井と呼ばれた藩士と別の藩士の前に立ち、睨みつけている飯島の姿が映った。

(訛りがひどくてわかりにくかったけど、一条卿の息子といっていた。あたしを囮《おとり》に、君麿さんを呼び出したのでは。そうだとしたら、君麿さんが危ない。君麿さん、あたしはどうなってもいい。君麿さん。ここにこないで。お願い)

こころで叫んで、沙織が目を閉じ、胸の前で強く手を合わせた。

すでに陽は西空に沈んでいた。陽光の残滓《ざんし》が、山の背後に広がる空を、黒みがかった深紅色に染め上げている。

高原卿の屋敷の表門の裏手に広がる中庭を、水戸藩士に先導されて隼人と君麿が歩いていく。

一方は廊下、門から入ってくる小道以外は、三方を葉の生い茂る木々で囲まれた中庭に、隼人と君麿が肩をならべて立っていた。

廊下の前に、後ろ手に縛られ、猿轡《さるぐつわ》を嚙まされた沙織の縄尻をとった高原卿と飯島郡兵衛が、沙織をはさんで並び、隼人たちと対峙している。飯島らを中心に水戸藩士たちが、隼人たちを取り囲んでいた。

「よく来た。沙織姫は我々の手中にある。腕尽《うでず》くで取り返すしかないぞ」

隼人が応じた。

「もとより覚悟の上だ。大政奉還を企む輩《やから》、成敗してやる」

「笑止千万。おれを含め、残った者たちのなかには、皆伝の者が六人いる。貴様が斬った者たちと、腕が違うぞ」

皮肉な薄ら笑いを浮かべて、飯島が吠えた。

小声で君麿が隼人に話しかける。

「麿は目録止まりの腕だ。武運つたなく果てたら、沙織さんを頼む」

「自分で救え。死んだら、愛しい人もくそもない」

「そうだな。生きていればこその愛しい人だ」

「斬り込む」

隼人が大刀を抜き放った。

君麿も大刀を抜く。

その瞬間、突然、爆発音が響き渡った。

高原が、音のほうを見上げて、悲鳴を上げる。

「また将軍塚が鳴動した。不吉の兆し。もう嫌だ。麿は怖い」

「将軍塚は鳴動していない。鳴動する刻限が違う。言い伝えでは、昼八つ半から七つ半の間に鳴動するといわれている」

腹立たしげに、飯島が高原を突き飛ばした。

よろけた高原が、足をもつれさせ、転倒し、握っていた縄尻を離してしまう。

引きずられて転びそうになった沙織が蹈鞴《たたら》を踏む。ずれた猿轡を、首を振り、口で咥《くわ》えて、ずり下げた。

突然、屋敷のあちこちから、つづけざまに爆発音が響き、炎が上がる。

「火の手が上がった。将軍塚が怒っている。凶事が始まった」

絶叫する高原を、いまいましげに睨みつけ、腹立たしげに飯島が蹴り上げる。

「公家は迷信好きと聞いていたが。この役立たずめ」

将軍塚の鳴動、屋敷で相次ぐ爆発音と火の手に、水戸藩士たちも度肝を抜かれ、棒立ちとなった。

「今だ」

隼人が手近の水戸藩士に斬りかかり、左右に剣を薙《な》いで、ふたりの脇腹を斬り裂く。君麿も前面の水戸藩士に斬りかかり、袈裟懸《けさが》けにひとり斬り捨てた。

意外な成り行きに、茫然自失の態で立ち尽くした沙織が、引っ張られた縄尻によろけて倒れ込む。抱きとめたのは、見知らぬ町人だった。

町人が声をかけてきた。

「君麿さまからいわれて、助けにきました。与八といいやす。あっしについてきておくんなさい」

「君麿さまの。わかりました」

縄を引いて、沙織を引き寄せた与八が、近くの大木の陰に走り込む。

水戸藩士たちと隼人たちの戦いはつづいていた。鍔迫《つばぜ》り合いしている君麿が力負けして、膝を突いた。大刀に力をこめ、上からのしかかるようにして君麿の肩口に刃を押しつけようとしていた水戸藩士の躰が、突然、崩れ落ちた。

その場に倒れ込む水戸藩士の向こうに隼人の姿があった。

「助太刀、かたじけない」

声をかけた君麿を一瞥した隼人は、突きかかってきた藩士を一歩横に跳び、おのが肘に大刀を当て、真横に大刀を据えたまま、藩士の腹を斬り裂きながら、走り抜けた。

腹から血潮を滴《したた》らせ、藩士が昏倒する。

まさしく鬼神の働きだった。隼人は、君麿がひとりを斬り倒す間に、数人を斬り捨てていた。

いつの間にか、まわりには水戸藩士の骸《むくろ》が散乱していた。

隼人と飯島は、互いに青眼に構えて、対峙していた。君麿は、逃げ回る高原を追いつめている。どこに潜んでいるのか、与八と沙織は、斬り合いがつづいている間は、姿を現さなかった。

一歩迫って、隼人が訊いた。

「水戸藩士の束ね役、飯島郡兵衛。御附家老・中山備前守の家臣の貴様が、頭となって動いたところから判じて、大政奉還の絵図を描いたのは、中山だな」

一歩後退《あとずさ》って、飯島が応じる。

「どうかな。大政奉還が実現したら、当然、水戸藩の藩主は将軍に、殿は大名にならられるだろう。殿の御先祖は、直参の立場を追われ、水戸藩の御附家老になるよう命じられた。旗本仲間から押しつけられ、貧乏籤《くじ》をひかされて、御附家老にならざるをえない立場に追い込まれた、御先祖様の恨みを晴らそうとなさっただけだ。冷遇した幕府、徳川本家への積年の恨みがさせたことだ」

「私怨《しえん》を晴らすために、戦乱の世を招きかねない騒動を企てたか。許せぬ」

発した隼人のことばに、烈しい憤怒《ふんぬ》のおもいがこもっていた。

大上段にふりかぶって斬りかかる。

その刃をはじき返そうと、振り上げた飯島の大刀と振り下ろした隼人の刀が激突する。

受けた飯島の刀が、真っ二つに折れていた。

隼人の刃が、飯島の脳天に食い込む。

躰の重みをかけ、一気に振り下ろした隼人の刀が、飯島郡兵衛の脳天から首元まで断ち斬っていた。

飯島の顔が二つに割れて、両の肩で支えられた。

地に膝を突いた飯島が腰を落とし、座り込んだかとおもうと、顔から前に倒れ込んだ。

「厭だ。死にたくない」

高原が発した絶叫に、隼人が振り返る。

君麿が、高原の喉に、大刀を突き立てていた。激しく痙攣《けいれん》した高原が、君麿が引き抜いた大刀を追って、前のめりに頽《くずお》れた。

隼人が君麿に歩みよった。

「お見事」

と声をかけ、大木へ向かって呼びかけた。

「与八、出てきてもいいぞ」

大木の後ろから、与八と沙織が現れた。

「沙織」

声をかけた君麿に、

「君麿さん」

名を呼んで、駆け寄った沙織が君麿にすがりついた。

「沙織」

と呼び、君麿が肩を抱く。

隼人と与八が、そんな君麿と沙織を笑みをたたえて、見つめていた。

屋敷はすでに紅蓮《ぐれん》の炎に包まれている。

隼人が大刀を鞘に納めた。

「長居は無用。引き上げるぞ」

君麿たちに背中を向け、隼人が歩きだした。与八がつづき、抱き合っていた君麿と沙織があわてて離れ、隼人たちの後を追った。

五

高原卿の屋敷で起きた火事と、焼け焦げた多数の骸は、高原と水戸藩士たちの仲間割れとして処理された。縛り上げられた錦小路の家来たちと、一条君麿、沙織の証言が、仲間割れと断定づけられた理由になっていた。

また、帝が、所司代松平忠周の代理としてやってきた、内与力伊東正吾に告げた、

「朕は、これ以上の詮索は望まぬ。尊皇思想にかぶれた高原と水戸藩の藩士たち

が暴走しただけのことじゃ。将軍塚が三度も鳴動して教えてくれた、凶事の予兆、探れば探るほど、見てはならないものが見えてくるかもしれぬ。所司代の力で、ここらで幕引きとしてくれぬか」

との、ことばが一連の騒動を落着させた。

一条卿の順調な回復ぶりと、此度の事件で錦小路卿から和解の申し入れがあり、君麿と沙織の婚礼の段取りが、あわただしく決まったのを見届けて、隼人たちは京を発ったのだった。

二十日後、隼人は寛永寺参拝との理由をつけ、出かけてきて上座にある吉宗、その斜め脇に控える大岡と庫裏《くり》の一間で向き合い、此度の一件が落着するまでの経緯を報告した。

聞き終えて、吉宗が口を開いた。

「まだ一件は落着しておらぬ」

「それは、なにゆえ」

訝《いぶか》しげに隼人が問い返した。

ちらり、と大岡に視線を走らせる。

大岡は、無言で吉宗を見つめている。

明らかに、吉宗の次のことばを待っている。大岡も吉宗のいわんとしていることが、わかりかねている、といった様子に見えた。

吉宗は、厳しい目で空を見据えている。

口にしていいかどうか、迷っている。隼人には、そうおもえた。

うむ、と吉宗がうなずく。

おのれの気持ちの踏ん切りをつけるための仕草。隼人は、そう判じた。

吉宗がおもむろに話し始めた。

「此度の一件で、幕府の朝廷にたいする処遇に、若手の公家たちが不満を抱いていることがわかった。いずれまた、騒ぎをおこすに違いない。余にはわかっている。御神君家康公は、将軍家に世継ぎがいない場合、徳川御三家のうちの、まず筆頭の尾張、次いで紀州、水戸の順で後継を選ぶと定められたが、次位の立場にあった余が八代将軍になったことが、幕府に対する不平、不満を生んだのだ」

一息ついて、吉宗がつづけた。

「余が将軍でいるかぎり、一度でも不平、不満のおもいを抱いた大名たちは、面《めん》従腹背《じゅうふくはい》、いずれ寝首をかいてやろう、と虎視眈々、その機を狙いつづけるだろう。すでに将軍家の御家騒動は始まっているのだ。迂闊にも余は、そのことに、やっと気づいた」

隼人が口をはさんだ。

「上様が、一件は、まだ落着しておらぬ、と仰られたのは、そのこと、御家騒動にかかわりがあることでございますか」

「余の代で、徳川幕府を崩壊させるわけにはいかぬ。が、密かに反逆の牙《きば》を剝《む》きながら、蜂起の機を窺《うかが》っている大名たちに、余から戦《いくさ》を仕掛けるわけにもいかぬ。すべて内々で処理し、屈服させていかねばならぬのだ」

わきから大岡が声を上げた。

「仙石から、水戸藩士たちの頭は、飯島郡兵衛。水戸藩江戸家老中山備前守の家来、と知らせてきた書状に目を通されたとき、私に『水戸藩上屋敷と、中山の屋敷の見取図をひそかに入手せよ』と命じられたのは、今日の会合に備えてのことでございますか」

「そうじゃ。此度の尊皇思想にかぶれた水戸藩士と公家たちの一部が組んだ、大政奉還騒ぎ。中山備前守の一存で押しすすめたとはおもえぬ。水戸殿も御存知だった、と余は考えている。が、水戸殿を処断するわけにはいかぬ。しかし、何もしないわけにもいかぬ。警告だけは、発しなければならぬ」

「それでは上様は」

大岡の問いかけにこたえることなく、吉宗が隼人を見つめた。

「仙石、此度の一件の総仕上げ、中山備前守を暗殺してくれ。中山が暗殺されたら、水戸殿は、幕府からの警告、と推断し、今後の動きをあらためるだろう。中山の屋敷は水戸藩上屋敷内にある御附家老役宅屋敷と、別邸が深川にある。役宅と別邸、二枚の見取図は大岡が持っている。大岡から受け取るがよい」

顔を向けて隼人に大岡が告げた。

「中山は、別邸で暮らしており、毎日、政務をこなしに上屋敷へ通っている。日々の動きのことは調べ上げてある。上様をお見送りした後、南町奉行所へ同行してくれ。わしの用部屋に見取図を保管してある」

「承知しました」

いつもと変わらぬ口調で、隼人が応じた。

それから三日後、隼人は与八とともに、深川にある中山備前守の別邸の屋根に身を伏せていた。ふたりとも盗人被りをし、尻端折《しりはしょ》りした黒装束の小袖を身につけた、盗人と見まがう出で立ちだった。隼人は大刀一本を腰に帯びている。

星一つない空には、分厚い雲が垂れ込めている。

人目につきにくい、曇天の夜を待ち続けた上での忍び込みであった。

眼下の庭を、夜回りの武士二名と、提灯《ちょうちん》を持った小者が歩き去って行く。

遠ざかったのを見届けて、与八が隼人に声をかけた。

「天井裏に入りますぜ」

無言で隼人がうなずく。

慣れた手つきで、与八が屋根瓦をはずした。

夜具にくるまって、中山備前守がぐっすりと眠っている。

一隅の天井板がはずされ、顔をのぞかせた与八が、太い荒縄を垂らして引っ込んだ。入れ替わりに顔をのぞかせた隼人が、荒縄をつたって下り、寝間に降り立った。

忍び足で、中山に近寄る。

夜具から出ている、中山の頭近くの畳に片膝をついた隼人が、懐から匕首《あいくち》を取り出した。

隼人が、とった盗人被りを中山の口元に、匕首を喉に近づける。

次の瞬間、匕首を中山の喉に当てて押し込むと同時に、盗人被りを口に押し当てる。

中山が激しく痙攣した。が、発するはずの断末魔の絶叫は、押し当てられた盗人被りの布きれにはばまれ、くぐもった呻き声で終わった。

重ねられた、数枚の上掛けを押し上げて海老反《えびぞ》りになった、中山の躰から一気に力が失せていく。

動かなくなった。

隼人が、中山の鼻に手をかざす。

息をしていなかった。

返り血を避けるべく、上掛けの一枚を中山の鼻まで引き上げる。

匕首を引き抜いた。

上掛けに血が吹き付ける音が聞こえた。

後退りした隼人が、垂れ下がった荒縄をつかんだ。与八が縄を引き上げる。縄を支えに、壁に足をかけた隼人が、するすると上っていき、天井裏に吸い込まれていった。

天井板がもとにもどされる。

寝間には、鼻まで引き上げられた上掛けのなかで飛び散って撥《は》ねたのか、顔を真っ赤に染めあげた、中山の骸だけが残されていた。


翌日、南町奉行所へ出向いた隼人は、一件落着を大岡に報告した。

「幕府の、朝廷にたいする処遇に不満を抱く若手の公家たちは、いずれまた謀略をめぐらし、幕府に反旗をひるがえすかもしれぬな」

大岡がつぶやいた。

同感のおもいをこめて、隼人が無言でうなずいた。


中山が病死として処理された、との知らせが大岡から隼人にもたらされて、数日後、満開の桜の木がつらなる、墨田堤《すみだづつみ》を望む大川《おおかわ》に、花見を楽しむ一艘の屋根船が漂っていた。

なかから、合奏する三味線の音色が聞こえてくる。

舳先《へさき》に近い船内で、隼人とお藤が三味線を弾いている。艫《とも》に近い一隅では、桜を愛《め》でながら、与八が、ちびりちびりと、花見酒を楽しんでいた。

調子よく合している三味線を聞きながら、

「旦那、腕をあげたね、お藤も教え甲斐があった、というもんだ」

つぶやいた与八が、湯飲みに満たした酒を、ぐびっ、と流し込んだとき、お藤の尖った声が上がった。

「旦那、また間違えたよ。いつも、そこでしくじるんだから。まったく教え甲斐がないねえ」

目を吊り上げて、お藤が睨みつける。

「すまぬ。うまく弾けているとおもった途端、間違える。困ったもんだ」

上目遣いにお藤を見やった隼人が、申しわけなさそうに頭をかいた。

コスミック・時代文庫

将軍側目付《しょうぐんそばめつけ》 暴《あば》れ隼人《はやと》
京の突風

2024年3月25日　初版発行

【著 者】
吉田《よしだ》雄亮《ゆうすけ》

【発行者】
佐藤広野

【発 行】
株式会社コスミック出版
〒154-0002 東京都世田谷区下馬6-15-4
代表　TEL.03(5432)7081
営業　TEL.03(5432)7084
　　　FAX.03(5432)7088
編集　TEL.03(5432)7086
　　　FAX.03(5432)7090

【ホームページ】
https://www.cosmicpub.com/

【振替口座】
00110-8-611382

【印刷／製本】
中央精版印刷株式会社

乱丁・落丁本は、小社へ直接お送り下さい。郵送料小社負担にて
お取り替え致します。定価はカバーに表示してあります。

ISBN978-4-7747-6544-0 C0193

COSMIC
時代文庫

吉田雄亮 の最新シリーズ！

書下ろし長編時代小説

上様に代わって――
おれが成敗してやる！

将軍側目付
暴れ隼人

将軍側目付
暴れ隼人
吉宗の影

絶賛発売中！

お問い合わせはコスミック出版販売部へ！
TEL 03(5432)7084
http://www.cosmicpub.com/

COSMIC
時代文庫

中岡潤一郎 の最新シリーズ！

書下ろし長編時代小説

江戸をぶらり謎の浪人…
その正体は死んだはずの信長!?

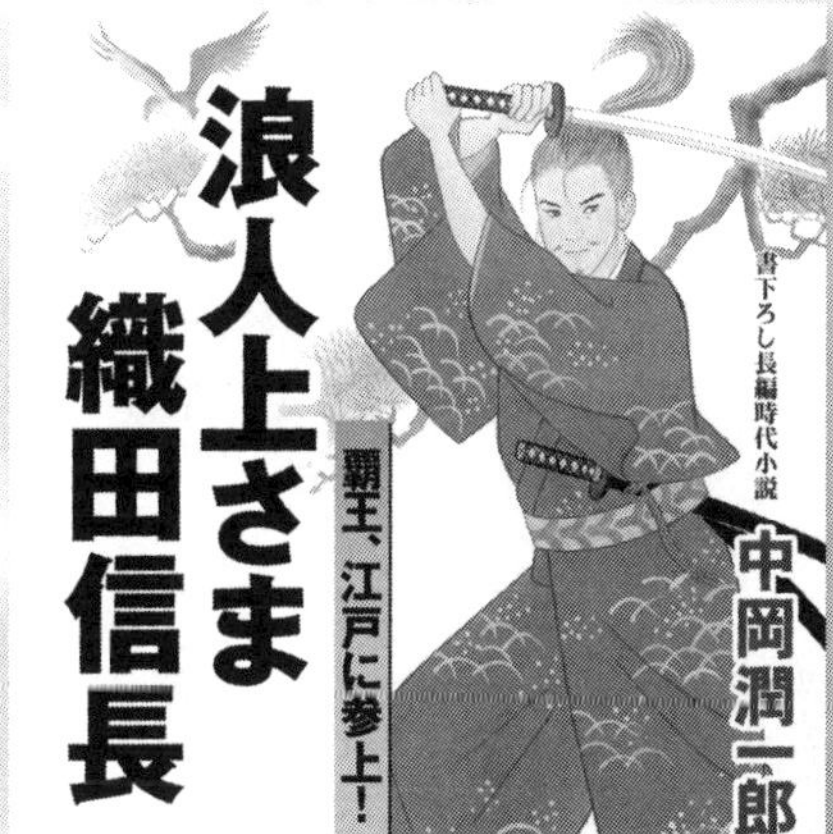

浪人上さま
織田信長
覇王、江戸に参上！

関ヶ原の大戦から六年が過ぎた、慶長十一年。江戸の通りで巻き起こった武士と町人の争いに、割って入った素浪人がいた。老いてはいるものの身体つきはたくましく、因縁をつけてきたごろつきどもを、即座に斬り伏せてしまう。それもそのはず、この浪人……かつての天下人、織田信長その人であった。

絶賛発売中！

お問い合わせはコスミック出版販売部へ！
TEL 03(5432)7084
http://www.cosmicpub.com/

COSMIC時代文庫

吉岡道夫　ぶらり平蔵〈決定版〉刊行中！

①剣客参上
②魔刃疾る
③女敵討ち
④人斬り地獄
⑤椿の女
⑥百鬼夜行
⑦御定法破り
⑧風花ノ剣
⑨伊皿子坂ノ血闘
⑩宿命剣
⑪心機奔る
⑫奪還
⑬霞ノ太刀
⑭上意討ち
⑮鬼牡丹散る
⑯蛍火
⑰刺客請負人
⑱雲霧成敗
⑲吉宗暗殺
⑳女衒狩り

隔月順次刊行中
※白抜き数字は続刊